英雄様、ワケあり幼妻はいかがですか？

久川航璃

ビーズログ文庫

contents

ユディング・アウド・
ツインバイツ
悪鬼と恐れられる第十二代皇帝。
感情が乏しくテネアリアになす
がままにされるうちに……!?
英雄様、
ワケあり幼妻はいかがですか?
人物紹介
テネアリア・
ツインバイツ
旧姓ツッテン
東の島国ツッテン王国の
幼い姫君。
ユディングに心底惚れて
いるが、それにはとある
秘密が。

サイネイト・フランク

皇帝補佐官でユディングの幼馴染み。
優男に見えるが、中身は腹黒の策士。

ツゥイ

テネアリア付き侍女。
普段は冷静だが、悪評名高いユディングを恐れている。

セネット・ガア

テネアリアの護衛騎士。

プルトコワ・デル・ツインバイツ

前皇帝の実弟。
ユディングの叔父。

イラスト／katsutake

序章　首狩り皇帝のやってもいない英雄譚

東にある小さな島国からやってきた姫を乗せた馬車が、大陸の半分を占める帝国ツインバイツの皇帝が住まう皇城の表玄関に停まった。

花嫁衣装に身を包んだ十五歳の少女は、馬車に同乗している侍女にヴェールを被せられ、薄いレース越しにゆっくりと外側から扉が開くのを静かに見つめる。

光が差し込んだと同時に、すぐに遮られるのがわかった。

目の前には、扉を覆い隠すほど大きな体躯の男がいた。婚礼衣装を着こんでいるところを見れば、少女と同じ意匠なのだろう。漆黒の艶やかな髪はざっくり整えられ、紅玉のような赤い瞳は猛禽類を思わせるほどに鋭い。太い眉の間には深く濃い皺が刻まれ、高い鼻梁に続く薄い唇はへの字に曲げられている。

文句なく整った容貌なのに、あまりに禍々しい雰囲気である。

ヴェール越しですら圧が強い。

彼の後方で左右に控えているこの国の重鎮たちは皆一様に、顔が引きつっていた。花婿が恐怖の象徴のような存在だと知った姫が泣き出すか、逃げ出すか――とにかく取り乱して男をさらに不快にさせないかをひたすら心配しているのだろう。

普段接している臣下ですらそうなのだから、少女の連れてきた侍女など顔面蒼白を通り越して空気のように儚くなって意識を飛ばしている。馬車の奥にいて身じろぎもせず座っているので気付かれていないだけで。

唯一、男の傍にいるひょろりとした淡い金髪の青年だけが、興味深そうに状況を見守りつつ、口を開かない男に代わって、穏やかに声をかけてくる。

「ようこそ、テネアリア様。私はサイネイト・フランクと申します。この国の皇帝補佐官をしております。こちらはツインバイツ帝国第十二代皇帝、ユディング・アウド・ツインバイツ陛下です。この度は遠路はるばる我が国に輿入れいただきありがとうございました。このまま簡単な婚姻式を執り行いますが、その後はお部屋の方でおくつろぎいただければと存じます」

花嫁を怯えさせないよう気遣いに満ちた声音に、少女――テネアリアは頷きで返す。

この国では皇帝よりも先に発言するのは不敬には当たらないらしい。

エスコートして馬車から降ろしてもらう動きもないので、その場でテネアリアは夫となる大男――ユディングに頭を下げた。

「はい。陛下、お初にお目にかかります、テネアリア・ツッテンと申します。末永くよろしくお願いいたしますわ」

思いのほか気丈に挨拶を返した姫に安堵をしつつも、周囲は息を呑んでユディングのからないのだから。

反応を待っている。数々の恐ろしい異名を持つ男は、どんな理由で怒り出すのか誰にもわ

そんな彼は彫像のように動かない。

奇妙な沈黙が場を支配した。

だが、不意にどすっと鈍い音が響いた。

ヴェールを被っていて視界の悪いテネアリアには何の音かわからなかったが、侍女のツゥイが目を丸くしたのが気配で伝わる。

「さっさと手を取れ！」

青年が小声で男に向かって指示をする。ああとか、うむとか声をあげてユディングは丸太のような太い腕を伸ばすと、ひょいっとテネアリアの腰を掴んだ。

「きゃあっ」

「姫様っ」

そのまま俵担ぎのように肩へと乗せられて馬車から出る。彼の逞しい肩が腹に食い込んで、息が詰まった。

「この馬鹿っ、姫君をもっと丁寧に扱え」

「運ぶんだろう？」

心底不思議そうな声が真後ろから聞こえて、テネアリアは彼の背中をばしばしと叩いた。

意図は伝わったようで、ぐるんと視界が回る。

彼の所作は大雑把で、体格差も相まってテネアリアはなすがままだ。

ユディングは肩に担いだテネアリアの腰を両手で摑んで目の前に持ってくる。本当に荷物になったようだ。もちろんテネアリアの両足は地に着いておらず、ぶらんと下がったまま。あまりの身長差と彼の逞しさに思わず打ち震えたテネアリアだが、さらに真っ赤な瞳にしげしげと見つめられ、歓声をあげそうになるのをぐっと堪えた。

「どうした」

「腕に乗せて、抱えていただけると大変助かります」

「腕？」

不思議そうにしながらも、ユディングはテネアリアの言葉に従ってくれる。彼の性格は知っていたけれど、小娘が生意気な、と怒る様子はない。

ユディングは片方の腕でテネアリアを抱え上げると、腕の収まりのいい場所に固定した。彼の腕に座る形になると、テネアリアの方が目線の高さがやや上だ。

おもむろにユディングは向きを変える。そのまま歩き出すつもりらしい。途端に大きく揺れてテネアリアは無意識にぎゅっと彼の頭を横から抱きしめる形になった。必然的に彼の髪にするりと指が触れる。短髪なのにさらりとした手触りが思いのほか、気持ちいい。

「ふふ、柔らかい……」

うっかり漏れ出たテネアリアのつぶやきに、ぴしっと音が聞こえそうなほどユディングが固まった。

馬車から転がり落ちるように出てきたツィイは真っ青になりながら、「姫様っ」と小声で窘めてくる。

サイネイトは信じられない光景だと言わんばかりに茫然としていた。

はた目には凶悪面の大男が儚げな少女を抱き上げ、さらには頭を撫でられているという世にも奇妙な光景である。

周囲にはお構いなしで、テネアリアは心の中で絶叫する。

ユディング様にお目にかかれただけでなく、髪にまで触れられるだなんて信じられない──っ、ああなんて素敵なの、私の英雄様は！

恋焦がれて夢にまで見た相手と、こうして対面できただけでなく、実際に触れられているのだから感激に震えるしかない。

結果的に、ユディングの時が再び動くまで、テネアリアはにこにこしながら漆黒の髪の手触りを楽しんだのだった。

二人の温度差のある出会いから、時は遡(さかのぼ)ること二か月前。

「求婚、だと……？」

首狩(くびか)り皇帝——ツインバイツ帝国の第十二代皇帝であるユディングは、執務室(しつむしつ)の椅子(いす)に深く座りなおしながら渋面(じゅうめん)を隠そうともせずに呻(うめ)いた。

聞き間違(まちが)いか、さもなければ相手の言い間違いか。求婚しろと言われた気がしたが。

淡い期待を込めて、目の前で柔和(にゅうわ)な笑(え)みを浮(う)かべる皇帝補佐官——サイネイトを見つめれば、彼は表情も崩(くず)さずこくりと頷く。

「必要な——」

「必要ないって言葉は聞かないからね」

否定の言葉を遮られて、ユディングはむっつりと押(お)し黙(だま)る。

二つ年上のサイネイトは皇帝の補佐官という肩書(かたがき)だが、戦(いくさ)の際にはいくつもの戦略をはじき出す有能な策略家でもある。そして物心つく頃(ころ)からの幼馴染(おさななじ)みでもあった。

ユディングはとにかく人相が恐ろしい。そのうえ、黒い髪も赤い瞳も大陸では馴染みがない。さらには、見る者を射殺しそうな鋭い眼光、常に他者を圧倒(あっとう)する巨軀(きょく)と三拍子(さんびょうし)揃えば周囲に恐怖と畏怖しか与えない。

これが幼馴染み以外の家臣なら裸足で逃げ出しているところだ。

ユディングが大陸でも珍しい色合いを持つのは、母が北方の山岳部の秘境出身だからだ。戦利品として前皇帝の父に捧げられたそれは美しい姫だった。

残念ながら息子に受け継がれたのは色合いだけで、容姿は完璧に強面の父に似た。見慣れない不気味な配色のうえに黙るとさらに物騒な雰囲気が増す。

戦好きのオーガ、血濡れの悪鬼と呼ばれる所以である。事実、戦ばかりしているので否定もできないし、するつもりもない。

サイネイトは迫力があっていいじゃないか、と気安い態度を崩さないが、こんな時は困りものだ。

「それに、もう遅いんだ。だって求婚の申し出を先方に送って返事ももらってるんだよね」

「それは求婚しろとは言わない」

求婚しろではなく、求婚したの間違いだ。

けれどユディングが慌てることはない。

勝手に求婚したのは問題だが、すでに返事が来ているのなら話は簡単だ。こんな男の元に嫁いでくるような女など、大陸広しといえど、決していないことを知っている。

それこそユディングが皇帝になってすぐの二十歳の頃はひっきりなしに縁談が舞い込んだものだが、戦争に明け暮れているうちにすっかりなくなった。

戦場での残虐非道な行いが知れ渡ったのだろう。ついでに、父の代で腐敗していた貴族どもの首を刎ねまくった話も伝わったに違いない。首狩り皇帝、と呼ばれて久しいのだから。

それでも皇帝であるユディングが命じれば誰とでも婚姻は成立しただろうが、全く興味がなかったので現在、妻どころか婚約者すらいない。もちろん、恋人もだ。

「先の戦が落ち着いてようやく一年。帝国内外の目ぼしい相手とは一通り決着がついただろう。そのうえあっちこっち相次ぐ天災に見舞われて当面の間はうちとやり合っている場合でもない。ここらで身辺を見つめなおして、お前の幸福を追求してもいいと思うんだ」

目ぼしい相手とは確かに一通りやり合った。けれど、だからと言っていつまでも大人しくしている輩でもない。むしろ今までの一年間の空白は相手が爪を研ぐ時間だったと思っている。火種はあちこちに燻っていて、いつまでも消えることはない。

祖父の代から続く無謀な侵略の厄介な弊害だ。

「無駄だ、どうせ三か月後には戦場にいる」

むしろ三か月よりも短いかもしれない。

そんな夫など相手にとっては迷惑だろう。傍にいても迷惑だろうが。

「無駄じゃないって。お前、今年で二十六だぞ。三か月後には戦地で死んでるかもしれないからこそ、女の子との楽しい思い出の一つもないつまらない人生を走馬灯で振り返っていいわけ？　一日中難しい顔して書類に判子押して剣振るってさあ。お前の人生それで終わりとか、俺は切なくて泣くに泣けないだろう。見せびらかすみたいに美人の嫁と可愛い子ども連れてお前の墓前に花添えるの？　俺、幼馴染みとして最低じゃない？」

「おい、人を勝手に殺すな」

既婚者たるサイネイトは愛妻家で有名だ。家族を溺愛している。

その幸せな家族と、妄想の中で殺した幼馴染みの墓参りをするんじゃない。

「まあお前がそう簡単に死なないことはわかってるけど。次の戦が始まるまでの三か月だけでも、初々しい奥さんといちゃこら過ごしても罰は当たらないと思うんだよね。所帯を持つって幸せだぞ、毎日可愛い妻が公然と傍にいてくれるんだから。仕事での疲れも吹っ飛ぶというものさ」

それはサイネイトだからだ。

美男子で優男であるこの幼馴染みは昔からモテた。

今でこそ愛妻家で通っているが、かつてはかなり遊んでいたことも知っている。あの遊び人が結婚すると聞いた時には正直長続きしないだろうと思ったくらいだ。まさか遠征で長らく家を空けた時に、しばらくぐちぐちと文句を言われるほど嫁に溺れるとは思わなかった。だがそれが原動力となり、巧みな戦術でもって敵を一掃し最短で戦を勝利へと導くのだから、助かってはいる。

ただ凄まじく鬱陶しいだけで。

そんな愛妻家の理想を押し付けられても、自分が叶えられるとは思えない。

「俺には全くそぐわない……待て、なぜ嫁がいることが前提なんだ。求婚は断られたんだろう？」

三か月可愛い妻と過ごせ、と決定付けられた話に、違和感を覚えた。

真っ赤な瞳をひたりと補佐官に向ければ、彼はにんまりと笑う。

戦場ですら、ここまで戦慄したことはない。

「大陸の東の果ての緑に囲まれた島国に、高い塔に囚われたお姫様がいるんだ。年は十五。太陽のような濃い金色の髪に、虹色の不思議な瞳を持つ病弱な姫君らしい。彼女は毎日毎日塔から眼下を眺めては、英雄の助けを待っている」

突然始まったおとぎ話のような語りに、ユディングの不安は増した。

「……何の話だ？」

「高い塔に閉じ込められているなんて可哀想だろう。それに英雄が現れるのを夢見るか弱い可憐な姫だよ。世間知らずだろうし、助けてあげたらどんな容姿の男だろうが惚れ込まれること間違いなし。たとえ相手が血濡れの悪鬼だろうが首狩り皇帝だろうがね」

「だから、何の話だ！」

サイネイトは後ろに隠し持っていた書状をぴらりとユディングの鼻先に突き付けた。

「お前の結婚相手。東の島国の囚われの姫君テネアリア・ツッテン様の話に決まってるだろ。悪鬼に花も恥じらう幼妻を用意してやった俺に感謝しろよ」

「……どういうことだ」

突き付けられた書状を摑んで、ユディングはプルプルと震えたが、幼馴染みは構わずに続ける。

「帝国とは一切無関係の島国の出身で、病弱のうえ、家族との縁が薄い――孤立した身とくれば、優しくしてあげるだけでうまくいくチョロインだ。相手の弱みに付け込んで何が悪い。仕組まれた恋だって、立派な物語には変わらないんだから。つまり朴念仁の恋愛初心者にだって簡単に落とせる――」

自信満々のサイネイトは一旦そこで言葉を切って、ウインクを寄越した。

「高い塔に囚われている病弱なワケありお姫様を助けて、英雄気取って惚れられてみない？」

「俺は島国に行ってもいないし誰も助けてもいないのに、絶対おかしいだろうっ⁉」

だが書状には、彼女の名前と結婚を承諾する旨の内容が書かれていたのだった。

『高い高い塔のてっぺんに、囚われた姫がおりました。

彼女は生まれた時から塔に閉じ込められ独りぼっち。そのうえ病弱でしたから、とても危険な塔を下りて外の世界には行けません。窓から外を眺めては世界に想(おも)いを馳(は)せるのでした。

そんな、ある日。

塔の試練に挑(いど)んだ英雄が、てっぺんにいた姫を外へと連れ出して世界を教えます。

そして美しい姫に愛を囁(ささや)きました。

世界を知った彼女は決して塔へと戻(もど)ってくることはありませんでした。自分を助けてくれた愛(いと)しい英雄と一緒(いっしょ)に外で暮らすことを決めたからです。

そうして二人は外の世界で幸せに暮らしました。

――めでたしめでたし』

第一章　物語はご要望に応えて

霧深い皇都として有名なジャイワの街の石畳を一台の馬車が進む。

白を基調とした優美な箱馬車はからりからりと車輪を回して、皇城へと向かう道をひた走っていた。

大陸の西半分を占めるツインバイツ帝国の皇帝との婚姻式を行うためだ。

箱馬車の周囲は屈強な騎士たちが隙間なく取り囲んでいる。物々しい雰囲気に、婚礼の華やかさなど微塵もない。むしろ憐れな生贄が逃げないかと見張るかのようだ。

皇都の街道には飾り付けた花もなく、皇帝の結婚を祝う出店もなければ歓迎する人々もいない。

ただ息を呑むようにひっそりと大通りをひた走る馬車を見送る視線があるだけだ。

それを窓に取り付けられた薄いレースのカーテンの隙間からちらりと眺めて、テネアリア・ツッテンは泣き暮れる――のではなく、幸せを噛み締めていた。

純白の豪奢な花嫁衣装に身を包み、心はどこまでもふわふわと落ち着かない。皇帝の前ではヴェールを下ろして顔を隠すが、今は旅を楽しむために上げている。豊かな黄金色の髪は綺麗に結い上げられヴェールに隠れているが、真夏の湖面を思わせる青緑色の瞳は好奇に溢れ、きらきらと輝きを放つ。その双眸は馬車から見える景色に向けられていた。

「姫様、やっぱり帰りましょうよぅ……」

馬車の到着先を想像するだけでにまにまと崩れそうになる顔を必死で整えていると、向かいに座った唯一自国から連れてきた侍女が、今にも泣き出しそうな顔で必死に視線を向けてくる。

テネアリアが幼い時から世話をしてくれている侍女だ。茶色の髪にブルネットの瞳を持つ平凡な女性ではあるが、とある一点の理由のためだけにこうして嫁ぐ際にもついてきている。彼女の方こそ故郷を離れて、仲のいい家族にもおいそれと会えない状況を寂しがっているのかもしれない。

「ツゥイ、だから無理をせずに国に残ればよかったのに。城に着いたら、お前だけでも帰してもらえるように頼んであげるわ」

「何言ってるんですか、帰るなら二人一緒ですよっ。人嫌いだし面倒くさがりの姫様が自国の塔から出るなんて今でも信じられません。一生塔にいるものだと思っていましたから。どうしてこの婚姻を断らなかったんですか！」

「求婚されたからに決まっているでしょう。大国の皇帝に求婚されて、小国の姫が断るなんてできるわけがないじゃない。泣き暮れていないだけありがたがりなさい」

「相手は求婚の書状を送りつけてきただけですよ、我が国の『慣習』を思えば断ることなんて容易くできましたよね。だというのに、物凄く姫様の機嫌がいいでしょう。知っていますか？　この皇都は霧の都と呼ばれるくらいに霧深いんですよ。本来ならば！」

　皇都の周辺は湖沼地帯だ。日が高く昇ってもまだ霧が立ち込めると言われている。

　だが霧の都と褒めそやされる皇都ジャイワは、今はすっきりと晴れ渡り、真っ青な空も優雅なレンガ造りの街並みもはっきりと見える。

　霧の中に佇む皇都の幻想的な光景などどこにもないのである。まるでこの婚姻が、喜びに満ち溢れたものだと気候の方が物語っているかのように。

「なによ、ツゥイったらそんなに観光したかったの。それなら休みをあげるから、明日の朝を楽しみにしていなさいな。さすがに早朝なら霧深いのではなくて？」

「違いますっ、なんで姫様がそんなに機嫌がいいのかって聞いてるんです。祖国から遠く離れた戦争ばかり起こしている帝国の皇帝の元に嫁ぐことが決まってから、ずっと機嫌がいいですよね。この国の皇帝がなんて呼ばれているかご存知でしょう。血濡れの悪鬼、戦好きのオーガ、首狩り皇帝ですよ!?」

　ツゥイは図太い神経をしているが、血は苦手なのだ。

　この婚姻が決まった時から、ずっと震えているのは知っていた。だからと言って恐怖を突き抜けた途端に、怒り出すのはいかがなものか。

「さすがに帝国の騎士に囲まれているのに、そんな言葉を大声でつらつら述べる貴女の太い神経に呆れるわ。いいじゃない、格好いいわよ」

「格好いい……？　豊かな土壌がほしいと隣国に戦を仕掛け、鉱山があると聞けば土地を奪い、美姫がいれば強奪して一夜が済めばなぶり殺し……ほしいものは力ずくで奪っているなんて噂のある男ですよ。殺した敵大将と気に入らない臣下の首を狩り取って部屋に並べ立てて飾るような野蛮な男なんですよっ。これは絶対に帰るべきです！」

「あくまでも噂でしょ。ツゥイも実際に見てから言いなさいな」

「その確信した顔は、噂をご存知なんですね。すべてを知っていて、それでも格好いいと仰る……。何を企んでおられるのですか。帝国の乗っ取りですか。それとも何かおいしそうな食べ物でもあって独占したくなりました？　先に言っておきますが、食べ物はすぐに食べ飽きるんですからね！」

「お前は一体主人をなんだと思っているの。安心してちょうだいな。高い塔に囚われた病弱な姫は助けてくれた英雄にばっちり惚れるのよ。家族と縁の薄いなんの力もない島国出身の姫なんて、帝国の皇帝に見初められれば瞬時に恋に落ちるものでしょう。たとえ相手がどれほど悪名を轟かせていようが、愛に飢えた憐れな姫は惚れっぽいのだから」

「何を言ってるのかよくわかりませんが、姫様がその古式ゆかしき英雄譚をぶち壊したのですよね？　塔の『試練』にこの国の皇帝は挑んでいませんし、姫様も助けられてなどいないのですから。そもそも昔からおとぎ話に興味もなかったじゃないですか」

高い塔に囚われた姫は英雄に助け出されて恋をする——自国のおとぎ話である英雄譚を持ち出した主人を不審そうに見つめる侍女に、テネアリアはただただ笑みを深めた。

「だって、ただ待っているだけでは絶対に助けてくれなさそうだったし……」

「なんです？」

ぽそりとつぶやいたテネアリアの声は轍の音でツゥイの耳には届かなかったようだ。

「私も年頃だもの。英雄様に興味があっても不思議ではないでしょう」

「お年頃、ですか……部屋から一歩も出てこず怠惰に過ごすことが大好きな姫様が？　あれだけ私たちが話を向けても色恋なんて興味のないご様子だったのに、突然？」

「お前たちが望むから寝台で大人しくしていただけでしょう。それに色恋に興味があるのは喜ばしいことじゃない。とにかく、ツゥイ！　私には野望があるのよ」

じっとりとした視線を寄越すツゥイに、テネアリアは意気込んでみせる。

先方の期待にはしっかり応えるつもりだ。そのために、ずっと計画してきたのだから。

『お前は間違えないでね』

ふと思い起こされた声に、テネアリアは知らずスカートの上に置かれた両手の拳に力を入れた。

この世に自分を生み落とした母である者の言葉だ。

帝国に嫁ぐと決まった時に、そう声をかけられたのだが、だからこそ記憶の中の母に向かって大きく頷く。

自分は決して間違えない。失敗もしない。

「やはり帝国の乗っ取りですか？　碌なことではない気がいたしますが、お聞きしましょう……」

「その噂に名高い孤独な皇帝陛下である私の英雄様を、徹底的に甘やかして幸福にしたいのよ！」

「むり、むりむりむり、絶対に無理ですって‼」

そんな侍女の悲痛な声を、馬車の車輪が回る軽快な音がかき消したのだった。

無理だなんてツゥイには連呼されたけれど、テネアリアに諦めるつもりはなかった。

それは馬車が皇城に着いて、ユディングと対面してささやかなやり取りをした時から確信に変わった。

なぜならユディングは式の間中テネアリアのお願いを聞き入れ、彼女を抱えて決して下に下ろさなかったからだ。もちろん下ろしていいかと尋ねられる度に断ったのもあるが、小娘の我儘を律儀に叶えてくれる彼の度量の大きさには感心してしまう。

出会ってすぐに始まった式は厳かではあったが、略式だった。皇城のやや奥まった中庭にある小さな教会の中で行われたが、テネアリアの自国の者はツゥイだけで、国賓すらいない。ユディングの家臣一同と騎士が周囲を取り囲み物々しさはあったけれど、テネアリアは満足だった。

ヴェールを上げてすっきりした視界で、テネアリアの身長よりも断然高い位置から見る景色は、胸がきゅっと痛くなるほどの幸福を感じさせた。

だが、すぐにささやかな幸せは破られることになる。

「へ、陛下……奏上を聞き入れていただきたくっ」

簡単な婚姻式が済んで建物から出て回廊を進んでいると、床に頭をこすりつけんばかりに土下座をした男が、皇帝の進行の邪魔をした。明らかに高位貴族の格好ではあるものの、その憔悴っぷりには威厳も何も感じられない。

何よりテネアリアの機嫌を降下させたのは、皇帝の周囲の動きだ。ざわめきは聞こえてくるが、誰一人としてユディングを守ろうとしないのである。ならず者が皇帝の前に飛び出してきたというのに叱責がないどころか、護衛すら動かない。

回廊に冷え冷えとした風がびゅうっと吹き抜けた。

けれどユディングはいつものことなのか気にした様子もなく、真っ赤な瞳をひたりと男に向けた。

「こ、この晴れの善き日に相応しく、恩赦を賜りたく、何卒――」

男の言葉が途切れた。

ユディングが強烈な蹴りを放ったからだ。そのまま護衛の兵に突っ込んだ男を一瞥して、はあと息を吐く。

「茶番は終わりだ、解散しろ」

その一言を受けて護衛の兵たちが慌てて男を抱えて離れる。式に参加していた者たちも慌ただしく散らばっていった。

ユディングはそこでようやくテネアリアを下ろすと、仕事だと言って立ち去ってしまった。

一度も振り返らない夫の背中を見送りながら、テネアリアは余韻に浸れるほどには十分に幸福だった。まともにユディングと並べば、テネアリアの身長は彼の胸元あたりにぎりぎり届くかというほどだ。彼の大きさをこの身でようやく実感できたのだから感無量である。

自室として割り当てられた部屋に案内されると、テネアリアはほうっと感嘆のため息をついた。

けれどツゥイはへなへなと床に座り込む。緊張の糸が一気に切れたようだ。

二人きりなのでとくに見咎められることはないが、褒められた態度ではない。

「どうかしたの、ツゥイ」

「どうかしたのじゃありませんよっ、あれの何を甘やかして幸福にするって言うんです。どこが格好いいんですか、想像以上におっかないですよ。さっきだって弁解を一切聞かずに蹴り飛ばして！　まさに、噂通りの強面の暴君じゃないですか。ずっと不機嫌、ずっと渋面。それなのに姫様は頭を撫でるわ、腕に抱えて運ばせるわ、式中抱えられ続けているわ、もう絶対に殺されますよ」

「まあ、私の愛しい英雄様に対して不敬ではないの。さっきは空気の読めないあの男が悪かったのだし、剣は抜かなかったわよ。それに大丈夫、婚姻を申し出てきたのは帝国だもの。殺されることはないわ」

テネアリアがえへんと胸を張れば、きつく睨みつけられた。

「姫様のその自信はどこから来るんですか……」

どこから、と言われてもとテネアリアは小首を傾げて部屋を見回す。

真新しい部屋の家具はいずれも少女が気に入りそうな可愛らしいものだ。

床に敷き詰められたクリーム色の毛足の長い絨毯も、白を基調とした机も衣装簞笥も、どれも歓迎されていることが窺える。

隣の部屋は寝室だろう。その扉にも可愛らしい花が彫られていた。

まるで乙女の夢が詰まったような部屋なのだ。

「だってこんなに配慮されているじゃない。私が快適に過ごせるよう誂えてくださったのよ。本当に素敵（すてき）なお部屋だわ」

「部屋なんてどうとでも取（と）り繕（つくろ）えますよ。それにこんな可愛らしい家具が調達できるなんて絶対陛下の指示じゃないですよね。あの強面からは想像できません。気を利（き）かせた部下の方ですよ。それよりも陛下です！　出会ってから式が終わるまで、ほとんど口を開かなかったじゃないですか。誓約（せいやく）だけはきちんと答えておりましたが」

先ほど礼拝堂で挙げた式を思い出しながら、ツゥイは真っ青な顔で震えている。

確かに部屋を整えたのはあの油断ならなそうな補佐官のサイネイトの指示で、生贄の姫が少しでも長く滞在（たいざい）してくれるようにと心を砕（くだ）いただけだということをテネアリアは知っている。まったくもって余計なことをのたまう生意気な侍女である。

「単に口数の少ない方なのよ」

「口数が少ないっていうレベルでもないですよねっ。それに婚姻式を茶番で片付けられたんですよ。怒らないんですか!!」

床に座り込みながら怒鳴（どな）っているのだから、元気があるんだかないんだかわかりにくい。

「お前は私に不用意に怒ってほしいのかしら。式も恙無（つつがな）く終えてくれたのだから感謝しかないわ、お前も主人の機嫌がいいのだからもう落ち着きなさいな。とにかく噂は噂よ、わりと気安い方かもしれないわよ」

「皆（みな）顔色が悪く俯（うつむ）いていて、気安さなんて微塵も感じられませんでしたよ。どんだけ暗い婚姻式だったことか。まだ葬式の方が明るい雰囲気ですよっ」

「それはさすがに私に失礼なのではなくて？」

「事実です、真実です、現実です！」

人生における幸せの儀式に対して、人生の終焉の方がましだと評価するのはいかがなものか。国同士の結婚などそこに幸福や愛が介在しないことはままあることではないか。むしろない方が多い。

確かにユディングには悪い噂しか聞こえてこない。

彼は先代皇帝の低位の側妃の子どもで、本来ならば継承権は二桁。つまり絶対に皇帝になりえない人物だった。そのため、物心ついた頃から戦場で兵士として駆けずり回っていた。いつしか隊長から師団長になり将軍へと出世していく。常に戦場が居場所で、城どころか皇都にいることも稀だった。

それが幸いしたのか、皇都を襲った流行り病で皇帝一家が揃って亡くなった時、彼と先代皇帝の弟だけが生き残った。その先代皇帝の弟も兄の不興を買って僻地で幽閉されていたから助かったようなものだ。

結果、皇帝位についたのは二十歳の将軍たるユディングだった。

だが戦場しか知らぬ男は城の中でも剣を振るった。

目の前で愛想笑いをした臣下の首を刎ね、反対意見を述べた自国の貴族を串刺しにし、敵国の者というだけでなぶり殺し。子どもだろうが女だろうが病人だろうが老人だろうが平等に殺してきた、らしい。

　ユディングに反発している者たちが意図的に流している噂だとは思うが、彼が戦に明け暮れていたことはその通りだし実際血に塗れてきた、ということをテネアリアは理解している。そうならざるを得なかった彼の生い立ちとともに。

　だからあまり強く否定できないのも事実なのだが。

「でもほら、今だって私は無傷で生きているわけだし」

「はあ⁉　姫様が一体何をご存知なのかは知りませんが、酷い目に遭うのは姫様ですからねっ、絶対に帰るべきですよ……まあ、あの補佐官様が肘鉄食らわせた時は目を疑いましたけど」

「肘鉄……？」

「馬車から降りる時ですよ。物凄い速さでどすっと――そうですね、姫様はヴェールを被っていて見えなかったんですね。たぶん他の人には気付かれないように上手に仕掛けてましたよ。まあ、幼馴染みの一番信頼している方らしいですから、処罰されることもないのでしょうけど。だからといって小国からやってきた姫様が同じようなことをして許されるとは思いません！」

　式の間は離れていたけれど彼女なりに情報収集をしていたようで、皇帝と補佐官の間柄など色々と詳しい。文句を言いながらもきっちり仕事をするのはありがたいところだ。

けれど、テネアリアにはずっと気になっていることがある。

「お前には皇帝陛下の周囲の方がおかしいとわからないものかしらね」

「どういうことです？」

「家臣が勝手をしても誰も咎めない、近衛は陛下を守ろうともしないのだもの。ほら、孤独でお可哀想な方でしょう。だから、私が甘やかしたくなるのもわかるでしょう？」

「いえ、全く同意できませんけど⁉」

「あんな部下ばかりなのよ。むしろ陛下が無礼を許せる度量の持ち主だと思わない？」

「いや、それかなり無理ありませんか？　あの皇帝見て、度量が広いなんて言う人まずいませんよ。どうせ怖くて誰も動けなかったってとこでしょう。それって恐怖政治じゃよくある話じゃないですか」

「もう、頑固なのだから」

「ええ？　頑固とかそういう問題じゃないですよね⁉」

テネアリアは自分の傍仕えから懐柔しようと思ったけれど、全く無駄な努力だったようだ。

あんなに格好いいのに、一体何が不満なのかしら。

大真面目に彼女は呆れる。

理解されない嗜好だとは微塵も思ったことがない。

ユディングが素敵な人であることは、もはや、テネアリアの中の正義である。

「はいはい、もういいわ。ところでツゥイ。正式に婚姻式をしたのだから、これからは妃殿下と呼んでちょうだい」

「嫌ですよ。言っておきますけど、裏では誰も認めていないって話でしたよ。小国から嫁いだ力のない姫なんて、一晩も生かされないだろうって。何日生きていられるか賭けまでしているらしいですよ。最短三十秒、最長七日で。ここで働いている者たちと式に参列した臣下たちが話しているのを聞いたんですから間違いないです」

「あら、そうなの？」

一瞬、テネアリアの瞳が虹色に煌めいた。

それを見たツゥイははっとしたように慌てて頭を下げる。

「――妃殿下。この後は晩餐の時間まで自由ですが、いかがされますか」

落ち着いたように取り繕ってすくっと立ち上がると、ツゥイはすっかりいつもの侍女の顔に戻った。

「まずは着替えを。その後はひと眠りするわ」

帝国の貴族や城仕えの者たちがテネアリアを侮るのは勝手だが、ツゥイがそれをするのは明らかな失態だ。

「……」

彼女の反応に満足して、テネアリアは先ほどの邂逅を思う。

姫と英雄の出会いとしては、上々だったのではないだろうか。少なくとも無駄な血が流れることはなかったし、雷鳴も轟かなかった。ホラー小説でもあるまいし滑り出しはまずまず。

れっきとした恋愛物語の始まりにしては悪くないと思う。

問題は、出会って恋に落ちて——で終わらないところだ。ユディングの周囲は常に不穏で、彼は孤独である。支えるために近くにやってきたけれど、現状テネアリアは誰からも認められていない。ユディング本人からも。

まずはユディングを自分に惚れさせることからだと思うけれど、さすがに前途多難であることはわかる。

むしろ好きだと実感してしまったのはテネアリアの方だ。

これではだめだと思うものの、心はやっぱり浮かれてしまう。

格好よくて、愛しい英雄様。

これでもかと彼を甘やかして、いちゃいちゃしたい。野望はどこまでも強く、果てしないのだ。

手のひらに残る柔らかい髪の感触を思い出して、テネアリアはうっとりと微笑むのだった。

「デキラ侯爵の処遇はこれで決まったな……おい、聞いているか。お前はいつまで笑ってるんだ？」

　ユディングが自室で婚姻衣装から着替え終えた後に執務室にやってくれば、先に来ていた皇帝補佐官はずっと笑いを噛み殺していた。

　婚姻式の後、回廊に出た途端にデキラ侯爵に行く手を阻まれたので、一も二もなく蹴り飛ばしてしまったわけだが、それからあまりに幼馴染みの笑いが収まらないのでいい加減に鬱陶しくなって声を荒らげた。

　けれど、すぐに後悔する。物凄く楽しそうににやりとサイネイトが笑ったからだ。

「お可愛らしい方だったな。お前に抱き着いて頭を撫でてくれたんだぞ」

　思わず眉間に力が籠もる。

　記憶違いだと躱そうとしたが、目の前の幼馴染みは逃す気がない。頭をゆっくり行き来するたおやかな手の感触を思い出してしまい、ユディングは渋面を作る。

　初めての感触に戸惑ったには違いない、が。

「あれは、本当に撫でた……のか？」

「彼女を運んでいる間、ずっと撫でられていたくせに。しっかりばっちり見たからね。それになんだよ、婚姻式でもずっと抱っこしててさ、『下ろしていいか』『だめです』の押し問答。お前たちは会って早々に何をいちゃついてるんだと何回心の中で突っ込んだか」

「運べと言っただろう」

「俺は手を取れとしか言ってない。それをまさか抱き上げるだなんて……ぶっ……また笑いが。わかってんだよ、お前だって動揺してたからデキラ侯爵を蹴り飛ばしたんだろ。いつもなら斬り捨てて終わらせているところじゃないか」

「…………」

サイネイトの言う通り、確かに動揺していたのかもしれない。

いつもなら殺して終わりの処理を誤ったのは確かだ。

デキラ侯爵は内務長官だったほどの男だが、裏の顔は年端もいかない少女たちを性的に甚振っていた不埒者だ。きっちり証拠もあるというのに身分を振りかざしのらりくらりと逃げていたが、先日蟄居を命じて後日公開処刑する予定だった。だがユディングが年の離れた幼妻を迎えると知って、同類なら恩赦を賜れるだろうとやってきたらしい。

思いもよらない動機にユディングは目の前が真っ暗になった。

どうして自分が不届き者と同類だと思われるんだ！

確かに今日見た姫は小さい。腕で抱えてより小ささを実感したほどだ。

だとしてもあんな人間になるつもりはない。

「ぶくくっ、泣くことも怯えることもなく、腕に抱えてほしいだなんて可愛らしいお願い最高じゃないか。小さい妃殿下がお前の腕に座って移動する様は物語のように、滑稽だったな！」

ユディングは、外見の恐ろしさとその無口ぶり、日頃の行いから本物のオーガのように語られている。だからこそ、女、子どもに至っては自分の傍に近寄る者など皆無だった。不意に近づいた時には叫ばれ、卒倒され、泣かれる。

それが日常だった。

だからこそ、姫君の反応は斬新すぎて対処に困る。

初めて目線を合わせた時に顔を顰めていたから、てっきりいつものように怯えられているのかと思えば、小さな赤い唇からこぼれた言葉は「腕に乗せて抱えてほしい」だった。

一瞬何を言われたのかわからなかったほどだ。

言われるがままに腕に乗せれば、華奢な体は軽すぎて小鳥が止まっているほどにしか感じない。そしてふわりと花のような甘い香りがした。

床に下ろした時に、初めて互いの身長差を意識した。

なんと彼女はユディングの胸元ほどの身長しかないのだ。こんな触れればすぐ壊れそうな存在が自分の傍にいたなんて、と動揺が走った。

　思い出し笑いでもはや虫の息になっているサイネイトを、ギロリと睨む。

「彼女は何者だ、普通の姫ではないだろう」

「だから、東の島国の高い塔に囚われていた姫様だよ。囚われていたのも病弱ってのも、まあそういう意味じゃ普通じゃない。言っただろワケありだって」

「ワケありで片付けられることか？　俺の噂を知らないにしても、普通はこの見た目で怖がるものだろう。俺が侯爵を蹴り飛ばしても平然としていた。お前、まさか彼女の国を脅したのか」

「いくら相手が小国だからって脅して姫をかっさらってくるわけないだろ。よっぽどの世間知らずなんじゃないか。本当に高い塔から一歩も外に出ず暮らしていたらしいから、そうやって育つと美醜の区別がつかないどころか恐ろしいと思うこともないとか。それこそ暴力とは無縁だろう。これが帝国の日常で普通だと思えば、驚くこともない」

「そんな無茶な理論があるか。そもそもなんで閉じ込められていたんだ？」

　少ししか見ていないが本人に問題があるようには思えなかった。穏やかで大人しそうな――少なくとも癇癪を起こして暴れるような人物には思えない。閉じ込められるほどではないだろう。病弱だとしてもやりすぎである。

「母親も同様に囚われていたらしい。そのせいで生まれた時から軟禁状態だったそうだ。

世話人が何人かだけつけられて、その者たち以外とは会うこともない、と。まあ病弱で一日のほとんどを寝台の上で過ごしていたそうだから、軟禁されていても生活自体は変わらなかったんじゃない？」

「なんでお前がそんなに詳しく知っているんだ」

「風の噂で聞いて、ちょっと興味持って調べたからだよ。お前の嫁さん候補にばっちりだと思って。結果的に最高だったろう？　俺の慧眼ってやつね」

からかう気配を感じて、ユディングはあっさりと無視をする。

「供は一人だけか？」

「東の島国からここに来るまでは船旅だからな。さすがに遠いってのもあるだろうが――もともと少ないのはあらかじめ報告を受けている。姫君が望まないからだと報告書に書かれていたが、さて誰の意図が絡んでいるのやら。家族とのつながりが薄いって言っただろ。嫁入り道具は一応、先に届いたから彼女の部屋に運んであるが、それも随分と少なかったからな。それこそ、おとぎ話によくある家族から虐げられて～とかだろう」

あれほど小柄な少女を遠くに嫁にやるだけでも信じられないのに、そんな病弱な姫にたった一人の侍女と少しの財産を持たせるだけとは。

戦場を駆けずり回っているユディングですら、それが異常だとわかる。

「まあ、その方が夫に懐いてくれるから好都合でしょ。あんな可愛い姫に惚れられるなんて役得と思っておけばいいじゃない。家族の代わりに大事にしてあげればいいんだよ、それは夫になったお前の役目だ。少なくともこの国に来るまでの俺の配慮は完璧だからね」

東の島国の位置を確かめたことはないが、ぼんやりと大陸の地図を思い浮かべれば少なくとも三か月はかかる長旅だ。それを疲れた様子もなく、この城に辿り着いたのだから、確かに本人が言うようにサイネイトが色々と配慮したのだろう。

「迎えの騎士団も用意したし、帝国領に入ってからは各地の領主の館で体を休めてもらった。長旅だが、それなりに誠意を感じてくれたのかもね。我儘一つ言わない素晴らしい姫だと報告を受けているよ。今日も宿泊場所の地方領主の館から粛々と花嫁衣装を纏ってやってきてくれたわけだし、ひとまずこちらの対応に不手際はないはずだ。今日のお前の態度以外は」

「…………」

「ここまでおぜん立てしてやって、花嫁を泣かせてみろ。お前の尻を蹴り飛ばすくらいじゃ済まないからな。いいか、絶対に逃がすんじゃないぞ。束の間の平和でお前の妻に納まってくれそうな相手を探すのは本当に大変なんだから。彼女の代わりはいないんだ、肝に銘じろ」

彼は温和そうな見た目に反して好戦的だ。わりと行動で示す。

サイネイトがやると言ったらやるに違いないとはわかっている。

「晩餐くらいは落ち着いて食事をさせてやってくれ」

「え、いきなり初夜で会うつもりか？」

「違う！　今日一日くらいはゆっくりさせてやってくれ」

ユディングだって好き好んで泣かれたいわけではない。

初めて会った時には泣かれなかったが、次に会えば泣かれる可能性もある。

それに三か月も旅してきて、病弱ならきっと疲れがたまっているはずだ。

なぜ着いて早々婚姻式をしてしまったのか。せめて今日はこのままゆっくりと体を休めてほしい。

「はあ、ほんとどうしたんだよ。戦場では怖いものなしだろうが。あんな可愛い姫君にビビってんの？　まあいいさ、今日くらいは勘弁してやろう。ただし晩餐で会わない分だけ次に会うハードルは上がるからな。そもそもお前は彼女を助けた英雄なんだから、惚れられた男らしくどんと構えてればいいんだよ」

「この前から、なんなんだそのおとぎ話のような言い方……」

サイネイトが現実主義なのは知っている。

だというのに彼には全く似合わない童話めいた言い回しを口にされて、違和感が凄まじい。

「姫様の国の言い伝えなんだよ。高い塔に幽閉されていた姫が英雄に救われて恋に落ちるって話。よくわからないが、あちらの国の『慣習』にもなってると聞いたな。求婚するなら親から出された『試練』をクリアしなきゃならないらしい」

「俺は何もしていない」

敵を倒したわけでも、姫の国に行って求婚したわけでもない。

なのに、なんでそんな話になってるんだとユディングは内心で頭を抱えた。

「それでもこうして求婚を受けて嫁いできてくれたんだから問題ないということだろう。それに彼女がお前に恋してるのは間違いないと思うけど？」

サイネイトがあっさりと爆弾を放り投げてきて、ユディングは心臓が潰れるような思いがした。

「…………」

「よかったじゃないか、惚れさせる手間が省けて。お前が誰かを口説くなんて正直想像できなかったから安心したよ。あんな可憐な姫様にうるうるした瞳で見つめられてたんだから自覚くらいしただろう。一体なんの問題があるっていうんだよ」

「大ありだろ。はっ、わかった。なんだか俺がいい人に見えるように思いこませたんだ、すぐに彼女に現実を突き付けて目を覚まさせて――」

「どう現実を突き付けるつもりだ。彼女の目の前で気に入らない臣下を斬り殺しでもしたら、本気で尻を蹴り飛ばすぞ！　まあ、お前が混乱してるのはよくわかった。ついでに納得できないなら存分に疑えばいいだろう」

そうだ、ユディングには好かれるという行為が全くわからない。

母は自分を産み落とすと同時に亡くなった。父は子どもには興味のない男だった。皇族といっても末端にすぎない自分には、乳母と乳兄弟と幼馴染みくらいしかいなかったのだ。だがすぐに乳母は病に倒れ、乳兄弟とは一緒に戦争に行き戻ってきたのは自分だけ。結果的にサイネイトしか自分の傍に残らなかった。

だから、孤独はわかる。独りということだ。だが、愛はわからない。誰も教えてくれなかった。家族は死に、恋人もいない。友情だけが、少し信じられた。

自分には理解できないのだから、妻の態度などわかろうはずもない。

世間知らずだからとサイネイトは言うけれど、世間に慣れれば周囲の人間が遠巻きにするように、いつか彼女もユディングの恐ろしさに気が付いて、離れていくのではないだろうか。

それを想像しただけで、どこか胸が潰れるような心地がした。

ならば自分から突き放せばいいものを、どうしてかあの青から緑に変化するキラキラした瞳をまっすぐに向けられると、何も言えなくなるのだ。

おかしい。怖いもの知らずの自分が、恐怖を感じているとか。

あんな小動物みたいな姫に、一体何を恐れることがあるのだ。

「そういえば、彼女の瞳は青緑色だったな」

ふとユディングは先ほど見た少女の瞳の色を思い浮かべた。

サイネイトからは虹色と聞いていた。

「確かに、報告とは異なるな。虹色って不思議な色だなと思ったけれど、でも青緑色でも綺麗な色だよ。たまに青みが強く出て色が変わるところなんて神秘的だしね」

「そんな真近で見たのか？」

ユディングが彼女の瞳の色が変わることに気付いたのは抱き上げた時だ。光の加減かと思ったがそうではないらしい。抱えてほしいと頼んできた時は緑色が強く、ユディングの頭を撫でた途端に青みが増した。だがそれは近くにいたから気付いたことだ。

そんな距離で二人はいつの間に何をしたのだ。

「お前が妃殿下を落とさないように、傍で見守ってたんだろうが」

げんなりとした表情のサイネイトを見て、胸のムカムカが少し落ち着いたのをユディングは首を傾げつつ気のせいかと思う。

「まあお前をからかうのはここまでにしといてやる。それより真面目な話だ。お前の婚姻で大人しかった貴族どもが蠢きだした。デキラ侯爵は前触れのようなものだな」

「なぜだ？」

「婚姻で浮かれて隙ができるとでも思ったんだろう。お前が今日、彼女を殺さなかったというのも大きい。化け物が多少は女で懐柔できるかもしれないと希望を見出したのかもな」

「馬鹿馬鹿しい。わざわざ遠い島国から呼びつけた女の首を刎ねる理由がない」

「そこはお可愛らしい妃って言えよ。まあ、有象無象の考えることなどたかがしれているが、筆頭はお前の叔父様だ。あの人は本当に要所要所で動き出すな。証拠がないのが本当に小憎らしい」

ユディングは柔和な叔父の顔を思い浮かべて、思案する。

いつものらりくらりと躱されるけれど、彼は王族で唯一の血縁者だ。

「お前のいちゃいちゃ新婚生活に響くかもな」

真面目な話をするのではなかったのか、とユディングは渋面を向けながら心の中でつぶやくのが精一杯だった。

皇都の城で過ごす初めての夜に、テネアリアは寝台に腰かけながらふうっと息を吐く。

静かすぎる部屋は、自国で与えられていた塔の中の一室とはまた違って落ち着かない。

ここに彼がいてくれれば、きっと楽しかっただろうに。

思い描く姿は仏頂面だが、テネアリアの心はふっと温かくなる。

思えば、随分と近くに来たものだ。

だというのに、今の方が寂しいと感じるなんて不思議だ。彼は同じ城の執務室か、もしくは皇帝の私室で休んでいるのだろうに。でもやっぱり気持ちは誤魔化せず、寂しい。

夜着に着替えたが、厚手の布地に今日は夫婦の夜はないのだと悟る。

せめて傍に来られて嬉しいと伝えたかったが、豪華な晩餐も広いテーブルには自分一人だけしかいなかった。ユディングの食事はと尋ねれば、執務室で召し上がっていると給仕してくれたメイドが答えた。

一人きりの食事に一人きりの寝室。

塔では当たり前の生活だったが、傍にはいつもツゥイがいた。会話のない食事は初めてだ。華美な料理に、一言も話さない使用人は堅苦しい。一応、テーブルマナーなどは学んでいるが合っているかもわからない。結局、食事はほとんど喉を通らなかった。

ツゥイはテネアリアの寝支度を整えると与えられた部屋へと下がっている。普段なら監視役として傍に控えているが、勝手の異なる帝国では様子を見ているようだ。

ツゥイの本音は首狩り皇帝がやってくるかもしれない部屋にいられるか！　といったところだろうが、明日からはきっちりと侍れそうですねと嬉しそうにしていた。婚姻式を済ませたのに、初夜に夫の姿はなく自室に一人きりで放置されているのだから。

十五歳といえば、成人前だ。そのため子どもと見なされる。ただし王族に限ってはもっと幼いうちから嫁ぐこともあるため、特別テネアリアが早いわけではない。

ただ、ユディングは二十六歳だ。十一も年上では、かなり幼く見えるのかもしれない。頭を撫でてしまったのが、余計に子どもじみた行為だったか。いや、それ以前に抱っこをせがんで腕に座らせてもらったからだろうか。

よもや怖がっていないことをアピールするのに必死で、むしろ出会えた喜びが上回って好き勝手振る舞ってしまったのが敗因か。

あるいは身長差に驚いたのかもしれない。こればかりはどうにもできないので、小柄で可愛いと思ってもらうしかないのだけれど。

自分の失態を挙げればきりがない。

ずんと落ち込みそうになる気配に慌てて気持ちを切り替える。

彼に会うつもりがないなら、こちらから押しかけてみるのはどうだろう。歩いていける距離に彼がいるのだから、行動すればいい。

今までに比べればずっとましだ。

物語は始まってしまったのだから、自分のできることをするしかない。

母のような失敗は、決してしてはならないのだから。

気持ちを新たにして、テネアリアは寝台へともぐりこんだ。そうしてすぐに、夢の世界へと旅立ったのだった。

目覚めて、カーテンを開ければ濃(こ)い霧が城を包んでいた。

昨日の決意はなんだったのかと言いたくなるほどの陰鬱(いんうつ)さに、心を隠せない辛さを実感する。強がった心を天候にも見透(みす)かされたような気持ちになった。

だが気を取り直して、今日こそは、とテネアリアは気合を入れる。

「失礼します。お目覚めですか、妃殿下」

「ど、どうぞ」

静かな声とともにノックの音が響いて、慌てて返事をする。傍にあったガウンを羽織れば、するりとツゥイが部屋の中に入ってきた。

「珍(めずら)しくなかなか起きて来られないので心配しましたが、大丈夫そうですね」

「ええ。寝坊(ねぼう)してしまったのかしら」

「長旅でお疲れでしたから。ゆっくり休まれていても構わないと言われています」

「大丈夫よ。今は何時なの」

「いつもの朝食の時間より少し遅(おそ)いくらいですよ」

昨晩、新婚の夫がテネアリアの元を訪(おとず)れなかったことを喜んでいたツゥイは、だいぶ機嫌がいいようだ。テネアリアとしてはちょっぴり面白くない。

「朝食の用意ができていますよ、召し上がりますか」

「そうね。着替えてから向かうわ」

「かしこまりました。では隣に朝食をご用意いたします」

だからつい、悪戯心が出てしまう。

「ありがとう。ねえ、ツゥイ」

「なんです？」

「殿方の好む女性ってどういう方かしら。私はやっぱり子どもっぽい？」

「……その手の話を私にする時点で間違ってるってわかっていますよね⁉」

恋人もいなければ出会いもない彼女に、酷な話題だとは思っている。

だが、皇妃として嫁いだ今、自分が一番気にかかる問題である。そもそも相談できる相手は彼女しかいない。

「私ってもしかして可愛くないのかしら」

「姫様はとてもお可愛らしくてお綺麗ですよっ」

「でも陛下が一夜を共にする気にはならないってことでしょう？」

「姫様っ、私をからかって遊ばないでください」

ツゥイは動揺すると姫様呼びに戻ってしまうらしい。何事も慣れるまでは時間がかかるということだろう。

「遊んでいるつもりはないわよ、真剣だわ。ただいろんな意見を聞いてみようかと思って」

「私は除外してください。本当に姫様は知識があるだけの子どもなんですから。困ったものですね！」

「妃殿下と呼んでと言ったでしょう」

「はい、妃殿下。今日から護衛がつくそうです。挨拶したいと外でお待ちでいらっしゃいますので、お召し替えが終わりましたら隣の部屋にご案内いたします」

「護衛？」

「ここでは、王族の方に護衛がつくのが慣わしとのことでして。結構ですと断るわけにもいかないので、待機してもらっています。挨拶の手間はとらせないとのことでしたので、朝食の前でもよろしいでしょうか」

「貴女だけで十分なのに」

「あまり声高に言わないでください。こんな恐ろしい他国で手の内を明かしたくはありませんので」

くすりと微笑めば、ツゥイは無表情のままで答える。ようやくいつもの落ち着きを取り戻したらしい。

「ここは少し空気が悪いわね。そうは思わない？」

「姫様、滅多なことは仰らないでください」

「妃殿下よ。わかっているわ。では着替えましょう」

ぽつりと言っただけで血相を変える侍女に苦笑して、テネアリアは話を切り替える。

お終いと言外に告げれば、ツゥイはあからさまにほっと胸を撫でおろしていた。

着替えて寝室を出ると、ツゥイはソファへテネアリアを座らせて、廊下へと続く扉を開けた。

「お待たせいたしました、中へどうぞ」

「失礼いたします」

背の高い男が颯爽と部屋に入ってくる。彼の後ろにも二人の男が続く。

肩まで伸びた髪は銀色。粗野な風貌は獣を思わせるが、浮かべた表情には愛嬌がある。

「セネット様？」

彼は自国まで迎えにきてくれた騎士団の指揮を執っていた男で、テネアリアも面識がある。年は二十八。旅の道中はなにくれとなく気を配ってくれて、随分と親切にしてもらったものだ。

「昨日ぶりですね、姫様。ああ、失礼いたしました、妃殿下。この度、正式に妃殿下の護衛に任じられましたセネット・ガアです。よろしくお願いします。今後は敬称不要でお願いします。貴女様は妃殿下になられたのですから。ここに控えているのは部下のクライムとランデン。同じく妃殿下の護衛になりますのでお見知りおきを」

二人の男が敬礼したのをぽかんと見つめる。

セネットは帝国が誇る騎士団の団長でもある、と旅の道中で聞いていたのだ。それが妃一人のための護衛だなんて、度が過ぎている。しかも残りの二人もそれぞれ師団長とはいかないまでも隊長クラスだ。

「セネットは本来、地位も実力もとても高い方だとお聞きしているのですが」

「妃殿下を護ることは十分大事なことですよ」

「……何か、裏がある気がしますね」

テネアリアが胡乱な視線を向ければ、彼は困ったように笑った。

「ええと、妃殿下。それは私では護衛としてお気に召さないということでしょうか」

「十分すぎると言っているのです。陛下のご意向ですか？」

「いえ、陛下ではありませんが……」

やっぱりとつぶやいて、テネアリアはため息をついた。

妃に興味のないユディングはそもそも護衛をつけるという発想すらないだろう。実際、自国まで迎えに来たのも皇帝補佐官のサイネイトの采配だと聞いている。今回のことも彼の意向だろう。どういった魂胆があるのかは想像するしかない。

「妃殿下に護衛が必要なのはご理解いただけますでしょう。小国から帝国に嫁いでこられただけで騒ぎ立てる輩は存外多いのです。陛下の一存とはいえ、急遽決められた婚姻でしたので」

陛下――ユディングの一存ということになっているのか、とテネアリアは白けた気持ちで揚げ足をとる。

「騒いだところで今更だとは思うのだけれど」

「残念ながらそれを理解できる者が少ないのが現状です。ですので妃殿下がよほど気に入らないということでなければ、しばらくはお付き合いいただきたいのです」

確かにユディングの周辺は血なまぐさい。さすがに城の中までは大規模な襲撃はないけれど、外を歩けば皇帝に仇なす何者かに襲われることもしばしばだ。そして城の中といえども皇帝を狙った暗殺者はひっきりなしにやってくる。その刃が妃にも向かう可能性があるということだろう。

いずれにせよ護衛が必要なことは理解している。

困ったように告げてくるセネットに、だがテネアリアはにんまりと笑みを返した。

「では受け入れる代わりにお願いを聞いてちょうだい。朝食の後にでも、貴方たちの主の元に案内しなさいな」

だってゆっくり話す必要があるんだもの、とテネアリアは澄まし顔で言ったのだった。

朝食を食べ終えて、セネットに案内されたのは対外的な応接室のような部屋だった。

待っていると、現れたのはサイネイトだ。

「おはようございます、妃殿下。私にお話があるとか？」

にこやかに微笑まれて、テネアリアはふっと息を吐き出した。

「主の元に案内してとお願いして貴方が出てくるのだから、私は陛下にあまり興味を持ってもらえなかったということかしら」

小首を傾げて見せれば、サイネイトは少し目を見開いた。

十五歳の小娘にしては油断ならぬと見直してもらえただろうか。

ユディングに近づくためには、何よりもこの補佐官を攻略しなければならないことはわかっている。

「妃殿下は病弱の引きこもり──と伺っておりましたが、随分と勇ましいご様子ですね。もう少し天真爛漫で可憐な方かと考えておりました」

「あら、そのご期待には応えさせていただきますわよ？」

可憐でも無邪気でもユディングの好みに合わせてどうとでも振る舞ってみせると意気込めば、彼は面白そうに口角を上げた。

「いえいえ、これはこれで構いませんよ。ではとっとと事情をお話しした方が賢明ですね。

陛下はなんと言いますか、基本的に無頓着な方でして……いや、大雑把と言った方がいいのかな。幼少より戦場を駆けずり回っておいでで、どうにも感情の機微に疎い鈍感の激ニブ男なんです」

「は、はあ。さようでございますか」

いっそ悪口ともいえる言葉の羅列に、さすがのテネアリアもたじろぐ。

だが、彼がわりと日頃から皇帝に対して歯に衣着せぬ暴言を吐くのは知っている。ただし人前では常に皇帝を立てているので、自分にその姿を晒したことが驚きだったのだ。

嫁いできてすぐの妃相手に、気を許したわけではあるまい。

「そんな陛下ですが、あんなに表情の動いたところをこの度初めて見ました。ですから、もっと関心を引いていただこうと思いまして、こちらの者に護衛を任じたのです。まあ実際に妃殿下が狙われているのも事実ですがね。セネットは師団長の中でも優秀な者で、なおかつ未婚です。東国へ妃殿下を迎えに行かせた騎士団の責任者でもあり、妃殿下の覚えもめでたい」

「ええと、未婚である部分は重要ではないのでは？　あまり夫に誤解されたくはありませんが。それで？　陛下の配慮で昨日一日休ませていただいただけではありませんの？」

「そうなんですよ、聞いてくれます⁉」

苦々しげに吐き捨てたサイネイトに思わず問いかければ、突然キラキラした瞳を向けられた。よほど鬱憤がたまっていたのだろう。

「長旅で疲れている、病弱だから休ませてやりたい、なんてそれらしい気遣い見せてますけれど、要は妃殿下に泣かれるのが怖いだけなんですよ。昨日は一日だけと言ってたくせに、今朝になったらしばらくはちょっと、なんてことを言い出して……全くあんなに意気地のない男だとは思いもよりませんでした。妃殿下を放置していることに気付いていないのですから。いや、本当に妃殿下からいらしてくださって助かりました。陛下の胸の内を早々にお伝えしておきたかったので。ですが、説明するまでもなく色々と納得していただいているようで、聡明な妃殿下に感謝しきりです」

「補佐官殿の気苦労はとても伝わりました。ですから、誤解を与えそうな無駄に遠回しな配慮は結構。直球で突撃させていただきますわ。もちろん、お時間作っていただけますわよね。物語は放置されていては始まりませんもの」

テネアリアが満面の笑みを向ければ、補佐官は破顔した。

「おや、いいですね。私、妃殿下のその思い切りのいい性格が大好きですよ」

第二章　こんな幼妻はいかがですか？

「失礼いたします、お茶の用意が整いました」

午後の休憩時間を見計らって、ワゴンを押すツゥイとともに皇帝の執務室へと足を進める。

正面の執務机に着いて書類に目を通していたユディングは、顔を上げようとすらしない。心得ているサイネイトが入ってきたテネアリアに微笑んで、パンと一つ手を打った。

「休憩にしましょう。そちらのテーブルをお使いください、妃殿下」

「妃殿下……？」

手を叩く音に顔を上げたユディングがサイネイトの言葉に首を傾げる。そこでようやく、お茶が載ったワゴンの横に立つテネアリアに気が付いたようだ。顔を強張らせているが、怒っているのだろうか。

「お邪魔でしたか？」

「休憩しようと思っていたので丁度よかったですよ。陛下ももう少し顔の筋肉を緩めてはいかがです。まるで怒っているみたいで、困り顔だなんて誰もわかりませんよ」

休憩と聞いて、執務室にいた政務官たちは静かに部屋を出ていく。きっとテネアリアに気を遣ってくれたのだろう。

主の不興を買わないようにと祈りの籠もった視線を向けられるが、テネアリアとしては健闘するとしか言えない。けれども、サイネイトが機嫌よく招いてくれたので、皇帝の機嫌が悪くなったわけではないようだ。

ただいつもの三割増しで怖い顔をしているだけなのだろう。

その顔のままユディングはサイネイトに言葉をかけた。

「………どうやって緩める」

「ぶふっ……開口一番聞くことがそれとか、お前は俺を笑い死にさせるつもりか。さて、今日のお茶は何かな」

軽口を叩いて、サイネイトがテネアリアに近づく。

「サバルゥンの二番茶と聞いております。陛下がお好みだとか?」

「こいつにお茶の味がわかるわけありません。苦くて砂糖をたくさん入れられるから頼む回数が多くなっただけです」

「あら、お茶にお砂糖を使われるんですね。甘党でいらっしゃる?」

大きな体で甘い物を好むのかと微笑ましく思えば、そんな話でもないようだ。

サイネイトが首を横に振る。

「食べる時間も惜しい時の栄養補給なんです。ほんと、食事に頓着しないんですから」

「え、その……お体は大丈夫なんですか」

「問題ない」

「問題ないわけあるか。お前のそのデカイ図体をどうやって維持してんのか本当に不思議だよ。どんだけ周りが言っても食べないんだから」

「水と砂糖と少量の塩があれば生きていける」

「それ最低限の栄養だからね。ちゃんと麦とか肉とか食わないと生きていけないからね。戦地でももう少しましな食事だろうが」

サイネイトが呆れたように告げても、ユディングに全く気にした様子はない。

「あの、本日は何を召し上がっておりますの？」

「…………」

「へ、陛下……？」

「…………水」

戸惑ったテネアリアに向かってぼそりと答えが返ってきて、弾けるように背後にいる侍女を振り返る。

「ツゥイ、今すぐに手軽に食べられる食事を頼んできてくれる？」

「かしこまりました」

生憎とワゴンに載っている茶菓子はシンプルなクッキーで枚数も少ない。これでは腹の足しにもならないだろう。

ワゴンを置いて部屋を出ていくツゥイを見送ったテネアリアは、ユディングに向き直る。

「本日の晩餐はご一緒させていただきたいですわ」

「…………」

「よろしいですわね、陛下」

「……不快ではないのか」

「何がです」

「一緒に食事など……楽しくない」

これはユディングが楽しくないのではなく、テネアリアが楽しくないと言っているのだろうか。

横で面白そうに笑うサイネイトは、状況を楽しんでいるだけで止める気配はない。

テネアリアは執務机の横から移動し、ユディングの傍近くに立つ。

そうしてまっすぐに紅玉のような瞳を覗き込んだ。

宝石を溶かしたかのような真っ赤な色は、ワインよりも輝く赤だ。

「陛下、私、この国に嫁げて心から喜んでおります。そして陛下には感謝と愛を捧げたく思っています。陛下はどうか私の傍にいて、それを実感していただけませんか」

「……な、にを」

「私は陛下が傍にいるだけで幸せです。溢れて迸るほどの愛情を抱いています。とにかく私に愛されることに慣れてほしいのです」

「勘違いだ」

「勘違いでも間違いでもありません。自国で軟禁されていた私に求婚してくれたのは陛下だけですもの。一目惚れですが、心底、愛しているのです」

一字一句に力を込めて真剣に告げれば、真っ赤な瞳がウロウロと彷徨う。

「俺は何も……」

「もう求婚していただいただけで十分だと申しましたでしょう。ひとまず一緒に食事をとりましょう。もちろん、今からですわよ」

有無を言わさず押し切れば、彼はなんとか頷いた。

「大変熱烈で、よろしいかと思いますよ」

サイネイトがからかい混じりに口笛を吹いた。

「……おかしい」

「何もおかしくなんてないさ、妃殿下は正気だぞ。お前はとにかくしっかりしろよ」

執務机に座ったまま、ユディングは頭を抱えて呻いた。人目があるにもかかわらずサイネイトが素で幼馴染みに突っ込むほどには、珍しい光景なのだろう。

少し待つと、再度ワゴンを押しながらツゥイがやってきた。

ツゥイが用意した軽食はサンドイッチだ。

テネアリアはユディングの腕をとって、ソファへと案内する。上質な上衣の袖はさらりと滑るから、そのまま彼の無骨な手を握った。

「さあ陛下、こちらへどうぞ」

テネアリアが誘えば、ユディングは引き寄せられるように執務用の椅子から立ち上がり、ふらふらとソファにやってきて、どかりと座り込んだ。すかさずテネアリアは小さな体をユディングの隣に滑り込ませる。

「なっ」

「おいしそうですわね、陛下」

ユディングが大仰に肩を跳ねさせたが、テネアリアはにこりと微笑んで見せた。

意思の強そうな眉も、切れ長の紅玉の瞳も硬質な艶を醸し出している。

ツゥイは恐ろしいと言うけれど、テネアリアには見飽きることのない愛しい夫である。

視線でユディングの輪郭を辿っていると、彼は眉間に深い深い皺を刻み込ませたまま、言葉を絞り出した。

「……そんなに見ないでくれ」

顔は逸らさないが、物凄い仏頂面のままである。ただでさえ低い声が、地を這うほどの重低音を響かせている。

だというのにテネアリアは愛しそうに笑みを深めた。

可愛いなんて告げようものなら、逃げ出しそうだ。

だから何も言わずにユディングと並んでソファに座りながら、食事の用意が整うのをにこにこと待つ。

ツゥイは無表情で給仕係に専念している。少しでも口を開けば恐怖で叫び出してしまいそうだから、余計な口も利かない。

用意が整ったところで、テネアリアはサンドイッチを一切れつまんでユディングの口元に持っていく。いくら食べやすい大きさにカットされていると言っても、一口で食べられる大きさではなかった。だというのに、無言のユディングはぱかりと口を開けて一口で食べてしまう。

サイネイトが呆れながら忠告した。

「久しぶりの固形物なんだから、ちゃんと噛んで食べろよ。まあお前の胃は性格と同じで大雑把だろうけど」

言葉の通り、ユディングの胃は久しぶりの固形物をなんなくその胃に収めた。

テネアリアが給仕をすれば、どんどん食事を進めていく。あまりに綺麗にぱくぱくと食べていくのでテネアリアの手も止まらない。

「お前ね、もう少し幸せを味わって食べてもいいんじゃない？　お可愛らしい妃殿下に手ずから食べさせてもらってるんだからさ」

「味なんてわかるわけがない」

サイネイトにすかさず答えたユディングの台詞に、テネアリアは驚いた。

「え、おいしくないですか？」

「石を食べさせられても気付かないと思う」

「ええ、なぜかしら？」

きょとんと首を傾げて見せたテネアリアに、サイネイトの爆笑する声が執務室に響いたのだった。


広いテーブルにセッティングされた皿は二人分。

先に食堂に着いたテネアリアは、期待に堪らず微笑んだ。

だが給仕してくれる使用人一同の表情は硬い。

きっと彼はほとんどここを利用していないのだろう。

今まで確認しなかった自分も迂闊だったが、まさかそんなに食事をとっていないだなんて思いもしなかった。

その点に関してはツゥイも不思議そうにしていた。

あの体格を維持するにはかなりの食事量がいると考えていたからだ。

むしろ戦地にいる方がまだ体を動かすから食べているという話を聞いて、卒倒しそうになった。書類仕事だからといって城で食事をしない理由にはならない。

だが彼は腹が空くという感覚がよくわからないらしい。食べなくても平気なので、食事は時間の無駄だと考えているのだという。

自分が来たからには、少なくとも毎日二食は食べてほしい。

できれば一緒に。

先ほどのお茶の時間を反芻して、テネアリアはくふふと笑う。

差し出すとぱかっと口を開けて、もぐっと食べるユディングは本当に可愛かった。口の中に食べ物があるからか、ほとんど文句も言わずにひたすら食べていた。別に文句を言われてもいい。あの重低音が耳元で聞けるなんて、それはそれで幸せだ。味がわからないと言っていたのは問題だけれど、ひとまず固形物を与えられたのは重畳だ。

あっという間にサンドイッチがなくなってしまったのは悲しかったが、もともと執務の合間の休憩に邪魔しただけなので、長居はできなかった。

だが、夕食なら時間はたっぷりある。

さすがに長いテーブルの端と端に席が用意されているので食べさせてあげることはできそうにないが、食事をしている間はおしゃべりに付き合ってくれるだろう。少なくとも同じ空間にいられて姿を見ることができるので、最高の時間だ。

色々と想像してそわそわしていると、時計がボーンと鳴った。

夕食の始まりの時間だ。

けれど、彼が現れる気配はない。

しばらく待ったところでふうっと息を吐くと、テネアリアはチラリと壁際に控えるセネットに視線を向けた。

お茶の時間の出来事の報告を受けている彼はゆっくりと首を横に振った。

何も聞いていないという意思表示だろう。

「様子を見てまいります」

テネアリアの意図を汲んだセネットは、扉の前にいたランデンに一言断ると廊下に飛び出していく。

けれど数分も経たずに戻ってきた。

「妃殿下に陛下からの言付けを申し上げます。本日も先に召し上がっておられるように、とのことです」

「……そう。陛下は今、何か立て込んでらっしゃるのかしら？」

「補佐官殿にお聞きしましたがそのような様子はありませんでした。むしろ補佐官殿は必死でこちらに向かうように勧めてらっしゃるようでしたが」

「……そおうぅ……っ」

がたんと音を立てて立ち上がり、テネアリアはキッとセネットを見据えた。

びゅうっと突風が吹いて、窓ガラスを叩きつける音を聞きながら、静かに命じる。

「準備なさい、今すぐに向かいますわ」


ばんっと執務室の扉を開けば、ユディングに渋面を向けられた。

眉間の皺も深く、口はぎりりと固く閉じられている。

だが彼が不機嫌になろうが知ったことか。

こちらはしっかり怒っているのだから。

「こんばんは、陛下。お食事の時間ですわ。こちらにご用意させていただきますわね」

「は？」

「いやあ、妃殿下が来てくださって助かりました。では、後はよろしくお願いします」

「は……いや、おい、サイネイト？」

「俺は先ほど散々忠告しましたよね、しっかりと肝に銘じてください。女性を怒らせると怖いんですよ」

「ま、待て」

初めてユディングの弱々しげな声を聞いた気がしたが、表情は全く変わらない。

開けた扉をサイネイトが丁寧に閉める。

執務室には二人きりだ。

テネアリアはソファの前のローテーブルに食事を並べて、にっこりとユディングに微笑みかけた。

だが、彼は盛大にのけぞる。

失礼な。まだ何も言っていないのに。

「食事の用意が整いましたよ、こちらへどうぞ」

「あー、まだ仕事が……」

「急ぎの分はないと聞いています」

「…………」

有無を言わさずに押し切れば、ユディングは盛大にため息をついて渋々とソファに座る。

テネアリアはすかさず、彼の隣に腰かけ、ぴたりと腕にくっついた。服の上からでもわかる逞しい腕の感触に魂が震えるが、きっちりと蓋をする。

「……近い、んだが」

「私、陛下の妻ですから。これが適切な距離ですわ。お昼だってこうしてくださいましたでしょ。それよりも、こちらを先に召し上がってくださいな。食前酒になります」

グラスを押し付けると、彼は無言でそれを呷った。

「次はこちらの前菜を。はい、どうぞ」

皿に盛られた前菜のうちの一つを匙に載せて、彼の口元に持っていくと彼はぱくんと食べてくれた。

「おいしいですか」

「いや、味はしない……」

昼と同じ返答に、テネアリアは笑顔を作った。

「おいしいですよね？」

「うん」

「よろしい。では、次はこちらですわ。テリーヌになります」

「うん」

次々口元に運ぶと、彼は頷いて食べ続ける。

おいしいかと聞けば頷く。なんとも素直なことだ。いつか心の底からおいしいと言わせてみたい。もっと我儘なことを言えば、自分と一緒だからおいしくなるのだと言わせてみたい。けれど、今はこれで十分満足だ。

表情は渋面のままだが、サイネイトいわく困っている顔ということなのだろう。

ここに来るまでに怒っていた気持ちが萎んで、思わず苦笑してしまう。

食事がデザートにまで及んだところで、怒涛のように口元へ運んでいた手をようやく止める。

「甘味はそんな顔をして食べる物ではありませんわ」

眉間の皺を伸ばすようにそっと額に触れて縦に指を動かせば、紅玉の瞳がこぼれんばかりに見開かれた。

「お前は、俺が怖くないのか」

「怖い、ですか？　いいえ、全く」

むしろ飼い犬を可愛がっているような心境だ。

犬を飼ったことはないが、飼っている家なら見たことがある。

「……変な女だな」

「陛下の妻ですわ。こんな妻はお気に召しません？」

「ん、いや、俺がどうというよりも……どうにも信じられないな。お前は俺のことを知らないだろう。わりと人殺しだ、物心つく頃からの。戦争ばかりしているし、見た目も悪鬼みたいだろう。まあ、お前は見た目は怖がらないようだが。世間知らずだからか？」

「陛下の瞳は、宝石を溶かし込んだかのような、夕焼けの紅のような、綺麗な紅玉ですよ」

二人の身長差からどうしてもテネアリアがユディングを下から見上げる形になる。そうすると光の加減からか色味が変わるのだ。ちらちら盗み見ているテネアリアが言うのだから間違いはない。

心意を述べれば、彼はふ、と口角を上げた。

彼なりに面白がっている表情なのだろう。わりと希少だ。拝み倒したい。

だが、続くユディングの言葉には打ち震えた。

主に怒りで。

「はっ、この瞳は血の色だ。鮮血の色だろ。母の命を奪って産まれた罪人の証だからな」

「なんです、その与太話は。どんな物知らずに言われたのか知りませんが、山間の光の届きにくい場所には同じような瞳の方がたくさんいますよ。ここまで綺麗な赤色はいませんけど」

「塔で暮らしていたと聞いたが……？　見てきたかのように言うんだな」

「……誰かが話していたのを聞いたのです。ですから、陛下。それはお母様から受け継いだものであって陛下の価値を貶めるものではありません」

きっぱりと断言すれば、彼はふっと表情を緩めた。はっきりと和らいだ顔に、テネアリアは心の中で平伏して崇め奉る。——尊い！

「戦好きなのは本当なんだがな」

「それは陛下の生きてきた環境のせいであって、個人の嗜好ではございません」

「それも見てきたかのように言うんだな」

「勉強しました。嫁ぐ国のことですから」

「勉強熱心なことだ」

「私を助けてくれた英雄様の国のことですもの。愛しい旦那様の国のことだからです。ね、陛下。私は貴方を愛しているのです」

何があったとしても、テネアリアのこの気持ちだけは揺るがない。

テネアリアは彼を心底、愛している。

「だから、それが、どうにも信じられない」

「信じられないなら信じてくださるまで何度でも言います。私、テネアリアはユディング様を心から愛しているのです」

「俺には愛情というものがわからない。お前はどうしてその気持ちが愛だとわかるんだ？」

紅玉の瞳には純粋な光しか見えない。心の底から不思議なのだろう。

本当に困った人。そして、とても愛しい人だと思う。

「ご存知のように、私は高い塔のてっぺんに閉じ込められて、外界と隔たれた場所で育ちました。関わる人といえば、侍女のツゥイを筆頭に数人だけでした。私は両親からの愛情も恋人への恋情も知りません。狭い世界で生きていた。だからこそ、あの塔から出してくれる人をずっと夢見ていました。そうして貴方が求めてくれたのです」

父は愚かな男で、母は可哀想な人だ。間違えないでと自分に言った母の姿を見ているから、そこに愛情がないのはわかる。

テネアリアにとっての家族は一般的なそれとは異なる。父母は血を授けてくれただけの存在であって、愛情を与えるような者たちではなかった。

だからといってテネアリアが悲観したかと言えばそんなことは全然ない。ただサイネイトの話によれば、家族と縁が薄くて病弱な姫を所望されているのだから、先方の希望に沿うように演じることは重要だ。

三年前からだが、塔から連れ出してくれる英雄を待っていたのは本当のことだし――。

テネアリアは心の中で付け加えた。

真実が含まれていれば問題ないと考える。

そもそもこの縁談自体が仕組まれたことなのだ。ユディングは何も知らないけれど。

「サイネイトが調べて勝手に求婚したんだ。迎えを手配したのもあいつだぞ。俺は何もしていない」

「それを今、言います？」

そういうことは、正直に言わなくてもいいのに。

可哀想な姫の夢を壊さないようにしようとかいう配慮なんて思いつきもしないのだ。

家族との縁が薄くて病弱で、わりと不幸な境遇（きょうぐう）の少女を装（よそお）ったのは無駄だったのか。ユディングはあまり考えを口にしないので、思考が読みにくい。効果がないとなると計画を見直さなければならないのだが……。

少しだけ傷ついたように告げれば、彼の眉間の皺が深くなる。安定の困り顔だ。傍（はた）から見れば不機嫌にしか見えないが。

可哀想になってテネアリアは苦笑しつつ答えた。

「知ってましたよ、そんなこと」

愛しい旦那様には甘くなってしまうものだなと自身を嗤（わら）いながら。

「なに？」

「きちんと知っています。陛下が知らないうちに求婚話が出て、やっぱり知らないうちに婚姻（こんいん）が進められて、のこのこ私がやってきたってことくらい。心の準備も整わないうちに私が貴方の目の前に来ちゃったってこともわかっています。それでも、私の夫は貴方だけだったから。一目惚れだって言ったじゃないですか」

「やっぱり信じられない」

「今は信じてくれなくてもいいですよ。私が勝手に貴方を愛しているのですから。貴方は唯一人（ただひとり）の、私の愛しい英雄様です」

テネアリアはぎゅっとユディングのお腹（なか）に抱き着いた。硬い筋肉で覆（おお）われた腹の熱を感じてくふふと笑う。

触れると現実だと実感できる。幸福感が増し増しだ。

「ひ、姫⁉」

「私は貴方の妻なのですから、名前で呼んでいただきたいわ」

「……名前」

「テネアリアです。そのままでもテネーでもアリアでもアリーでもお好きにどうぞ」

愛称を呼ばれることなど今まで一度もなかった。そもそも、自分の名前を呼ぶ人もいない。ツゥイすらほとんど敬称で呼んでいた。

だから、彼にならなんとでも呼んでほしい。それがとても特別なことだと知っているから。

ワクワクしながら見上げれば、心底困り果てた凶悪顔があった。

「離れてほしい、んだが」

「名前を呼んでいただけるまでは陛下のお願いは聞きません」

グリグリと頬をくっつけて引き締まった胸を堪能する。なんだか控えめな花の爽やかないい香りがする。彼がつけている香水だろうか。

それとも服に焚き染められている香だろうか。

身だしなみなんて気にする男ではないので、サイネイトあたりが気を利かせて采配をとっているのだろうとは思うけれど、なんていい仕事をするのだ。

うっかりときめいてしまったほどだ。

温かい体温を感じればそれだけで、幸せな気持ちになる。

「みだりに男に触れるのは、よくない」

「夫婦はいちゃいちゃするものだって聞いています。だから、これは大事なことなんです。移動する時に妻を抱えるのもその一つです」

「そうなのか？」

「そうですよ。大体、結婚したのに初夜も済ませてないとか問題大ありですわ。あ、今からでもいいですよ」

「初夜⁉」

「なんです、初めてってわけでもないんでしょうに」

二十六歳の男が童貞のはずがないという情報は得ている。だから、そんなに狼狽える理由がわからない。

ぱちくりと見上げれば、なぜだか絶望的な表情をした皇帝がいた。

「いや、お前からそんな言葉が出るとは思わなくて……何をするのか知っているのか？」

「ばっちり実地で勉強済です」

「実地で⁉」

口から魂が飛び出るのではないかというほどに驚きを見せた夫に、テネアリアは慌てて否定する。

「あー、いえ、見栄をはりました。清らかな乙女ですわよ。でも勉強しましたからご心配なく。今から準備してきましょうか？」

「………勘弁してくれ」

「あら、乙女の本気を無視されるの？　わかりました、今すぐ準備をしてまいります！」

「待て！」

がばりと体を離すとぎゅっと腰を摑まれた。不可抗力だが、かなり嬉しい。

「……時間をくれ、テネアリア」

思いのほか優しげに呼ばれた名前が耳朶をくすぐる。

それだけで幸福の絶頂のような心地がした。

もちろん彼の懇願には笑顔で応じる。拒否するなんて選択肢はあっさりと吹っ飛んだ。

「かしこまりました！」

その後、ユディングがデザートを食べ終わるまでお腹にしがみついていたのは言うまでもない。

結局、二日目の朝も一人で目覚めた。それでも昨日とは気分が天と地ほどに違う。晴れ渡った青空を見つめて、テネアリアは満面の笑みを浮かべる。

「セネットはもう来ている？」

「朝食の頃に交代するとランデン殿が仰っていましたが」

「そう。なら、陛下と一緒に朝食をとりたいからどこで召し上がるか聞いてくるように伝えてくれる？」

「まだ懲りてないんですか。明らかに嫌がられてるじゃないですか」

ツゥイが怯えたように告げるので、きょとんと見つめる。

「嫌がられてないわよ、ただ困られていただけなの」

「妃殿下がソファの隣に座っただけで、今にも人を殺しそうな顔をしてましたよ。どこが嫌がられてないんですか」

「じゃあ陛下に直接聞いてみましょうか」

「やめてくださいっ、殺される！」

ひいっと声高に叫んだ侍女に誤解されるのも無理はないとは思うが、これはこれで困ったものだと内心で息をつく。

身近にいる者で皇帝の心情を理解しているのはサイネイトだけなのだろう。さすが長い間一緒にいるだけのことはある。だが、こんなに誤解されてばかりなのはやはり問題だ。

「そんな理由で殺していたら城で働く人が居なくなってしまうわよ」

「だから、この城の使用人が極端に少ないんですよ。全然手が足りてないじゃないですか」

「この城の働き手が少ないのは、ツゥイのように誤解している人が多いからよ。不人気な職場なのよ、この城は」

「妃殿下、そのお話はいつ知ったのですか」

目の前の侍女の声のトーンが変わって、テネアリアは失言したことに気が付いた。

内心でぎくりとしたが、極力表情に出さないように努める。

「ここに到着してすぐ……？」

「疲れていたから横になりたいと仰っていたのはまさか……！」

「ちゃんと休んだわよ。でも、ほら、知らない場所だからやっぱり気になるでしょう、ね？」

「そういえば、昨日はここでは珍しく突風が吹いて、城壁の一部が壊れたという話を小耳に挟んだのですが」

「え、そうなの。それは知らないわ」

本気で知らなかったのでそう言えば、ツゥイは勝ち誇ったかのように笑う。

「かなりの勢いで城を襲ったそうですよ。ところで、妃殿下は昨晩は陛下と晩餐をご一緒されると聞いておりましたが、なぜか執務室へと行かれたとか」

「仕事好きな旦那様に夕食を運んであげたのよ」

「つまり約束をすっぽかされたから押しかけた、と。姫様っ、やっぱりお力を？」

テネアリアはぶんぶんと首を横に振った。

「してない、してない。本当にこれっぽっちも怒らなかったわ」

いや、食堂で待ちぼうけをくらった時にはだいぶ腹を立てたが、それも一瞬だったはずだ。

あれだけで、城壁を壊すほどの威力はない……と思いたい。

「そうですか。まあ、幸い今回怪我人はいないようなので自然現象だとしても構いませんが、自国の島国と違って人が密集しているのですからお気をつけください」

「わ、わかっているわ」

ツゥイは昔からテネアリアに人を傷つけないようにと言い聞かせてくる。少しでも人を傷つければ憎悪が募る。それが積み重なって主人が傷つけられることを心配しているのだ。

「それに一晩お力を使われたら次の日は一日休むようにとお願いしておりますよね。到着してすぐにお力を使われたのなら、せめて本日は寝台の上でお過ごしください。御身にはマッサージをいたしましょう」

「ええ？　こんなに元気だし、陛下と一緒に朝ごはんを食べたいわ」

「なりません。はい、今すぐ寝台に戻ってください。朝食は隣に運んでおきますが、無理せずに食べられる分だけで結構ですから。起きたらお召し上がりくださいね」

普段は主の言に振り回されているツゥイだが、テネアリアの体調管理にだけは物凄くうるさい。そして決して譲らないのだ。

テネアリアは諦めて寝台へと戻るのだった。

「寝込んでいる？」

朝食を食べろと突撃してくるかと身構えつつ執務室で朝早くから仕事をしていたユディングだが、いつになっても金色の髪の少女が現れることはなかった。

そわそわと落ち着かない気分でサイネイトを見やると、彼は察して妃の様子を窺ってくれたようだ。

報告しているのは師団長のセネットだ。サイネイトと同年だが、その実力は確かだ。何度か手合わせしたこともある。

島国までテネアリアを迎えに行って、その後は彼女の護衛になったと聞いた。

昨日の昼のテネアリアは、実に楽しそうにサンドイッチを差し出しては、食べてと勧めてきた。黄金色をした長い髪を揺らして小首を傾げて、真っ白な可憐な手でそっと差し出してくる。

青緑色の瞳の青みを強めてうるうるとした表情で見つめられれば、言葉が出なくなった。

そもそもソファで隣同士に座って、口元近くに運ばれては嫌とも言えない。

なぜだ、おかしいだろうと頭は混乱しているのに、体が勝手に彼女の言うことを聞いてしまう謎の現象が起きている。パニックになっているというのに、察している幼馴染みは大笑いするだけで助けてもくれない。

結局、用意されたすべてを平らげた。

味なんて少しもわからない。石を放り込まれても噛み砕く自信がある。

はっきり言って地獄だ。

戦場の方がずっとましだ。

敵兵百人に囲まれた時だって、ここまで絶望した気分にはならなかったのに。

四面楚歌、背水の陣、崖っぷち。

浮かぶ言葉は物騒なものばかり。

それでもテネアリアは楽しそうに旅の道中や昨日一日の出来事をユディングに語る。

自分からの返事はうむとか、ああとか、そうかとかしか出ないのに、会話らしい会話になっているのが不思議だ。サイネイトに後で確認すれば、すべては彼女の為せる技だとのことだが、その時に彼女の口から何度もセネットの名前を聞いた。

　知ってはいたのだが、改めてこの男かとしげしげと眺めてしまう。

「陛下？」

　居心地悪そうな顔をした男の反応に、サイネイトがユディングを睨みつけてきた。

「部下にまで凄まない。ほら、報告を続けてくれ」

「あ。はい。そこまで深刻ではないようですが、大事をとって休ませると侍女が話しておりました」

「本当に病弱だな」

　しみじみとサイネイトがつぶやいて、セネットが肯定する。

「旅の間もよく休まれていましたよ。その度に侍女が気を揉んでいました」

「報告は聞いていたが、移動が大変だからかと考えていた。こちらに着いてからは、顔色も悪くなかったし。いや、旅の疲れが出たのかもしれないな。必要なものがないか、侍女から聞いて手助けしてやってくれ」

「かしこまりました。それと陛下は本日、朝食を召し上がりましたか」

「は？　お前まで妃殿下に感化されたのか」

　サイネイトがからかうような視線を向ければ、セネットは苦笑する。

「妃殿下が気にされていると侍女がこぼしておりました。まだならぜひとっていただくようにと。でないと妃殿下は大人しく休んでくださらないそうです。実際、今朝もこちらに乗り込んでくるおつもりだったようですので」

「だそうだが、朝食を運ばせようか」

「……任せる」

食事なんてどうでもいいと切り捨てたいが、食べていないと彼女が知れば本当に不調も顧みず飛び込んできそうだ。

ゆっくり休めないというのなら、自分が朝食をとった方がましな気がする。

「では、妃殿下の侍女にもその旨を伝えておきます」

敬礼してセネットはそのまま部屋を去る。

「いい奥さんじゃないか、自分の体よりも夫の体を心配してくれるなんて。昨日の夜も随分と仲良く食事したんだろう。またあーんってしてもらったの？」

サイネイトが言うような可愛らしいものではなく、ひたすら口元に食べ物を押し付けられただけだった……どちらかといえばあれは。

「……ああ、襲われたな」

「ぶふっ、お前が無抵抗で妃殿下の言われるがままか？　敵ならあっさり返り討ちにするお前がどういう心境の変化だよ」

「黙秘だ」

ユディング自身理解できない現象を、説明できる気が全くしない。

本当に自分はどうしてしまったのかと問う毎日だ。

「ふーん、いいよ。妃殿下に聞くから」

「やめてくれ」

まだ負け戦についていて問い詰められる方が気分が楽だ。

あんなに細くてふわふわして甘やかないい香りがする少女が、自分の胸に顔を埋めて楽しそうに笑っていたなんて、今思い返しても信じがたい光景なのに。

確かに、ユディングは童貞ではない。

成人する前から戦争に行っていたため、体格もよく顔つきも険しかった。異性からは敬遠されるので、回数は多くない。そんな誇れない女性遍歴の中でもテネアリアのような可憐な少女にくっつかれた経験はない。あるわけがない。

しかも泣かれずに会話までしてしまう始末。

どうすればよいのかさっぱりわからないので、未知の存在に言われるがままに振る舞ってしまう。

抵抗なんかしてみろ。力を入れたら壊れてしまうのではないかとわりと本気で思う。

やはり彼女を恐れて従ってしまうのか。

「とりあえず、妃殿下へのお見舞いの品でも用意するか?」

「お見舞いの品」

人生で初めて使う言葉に、ユディングは戦慄したのだった。

「こちら、陛下からのお見舞いの品でございます」

自室のソファに座って本を読んでいたテネアリアは、セネットから手渡された木彫りの物体を見つめたまま無言になった。

時刻は夕飯を食べ終えた直後。今日は一日部屋に引きこもっていたので、すべての食事を部屋でとっている。本を読みながら食後のティータイムを楽しんでいたのだが、それが一気に禍々しい空気になるような物体だった。

「なんです、その呪われそうなもの……本当にお見舞いですか。嫌がらせではなく？」

横に控えていたツゥイが受け取るのも嫌だと言わんばかりに顔を顰めている。

「補佐官殿も見舞いの品は花とか日持ちするお菓子とか果物とかのつもりで言ったと思うのですが、どうも陛下の思考の行きついた先がこれで……それも昼過ぎに出かけて今までかかって選んで帰ってこられて。もう別のものを用意する時間もなかったそうで、あ、これ、相当強力な魔除けの品だそうですよ」

　セネットが苦笑しつつ説明したが、ツゥイには全く響かなかったようだ。

「強力な魔除け？　こんな人を今にも呪い殺しそうなものが？」

「昔、帝国が吸収したベネットという国の土着民に伝わる民芸品でもあります。まあ、見た目がコレなんであんまり好まれはしませんけど」

　セネットまで好まれないとか言っちゃうのか。

　見た目がコレと言われた木彫りは顔が五つ無理やりくっつけられたように潰れている。いずれも苦痛や苦悶の表情を浮かべていて、今にも呪詛を吐き出しそうだ。

　ツゥイの意見にはおおむね同意だが、テネアリアとしてはユディングが人に頼まず自ら選んでくれたというだけですごく嬉しい。彼が忙しいのはよくわかっているので、昼過ぎから今まで時間を費やしてくれたという申し訳なさはもちろんある。だがその間、自分のことを考えてくれていたのかと思うとやっぱり喜びが勝るのだ。

「陛下にお礼を伝えたいわ。お礼状を渡してくれる？」

「かしこまりました」

「すぐに書きあげるから。ツゥイ、用意をお願い。セネット、その置物は置く場所とかの決まりはあるのかしら」

「枕元に置くと怖い夢も見ないでぐっすりと眠れるらしいですよ」

「では、後で枕元に置いておくわ。今はそこに置いておいて。眺めながらお礼の言葉を書きたいから」

ツゥイが便箋と羽根ペンを持ってきてくれたので、目の前の木彫りを見つめる。

「ううん、と。異国情緒溢れる置物をありがとうございます、とか？」

「異国情緒っていうか、災禍や呪詛しか感じません」

「でもよく見れば可愛いわよ」

「絶対ないです、こんなのちっとも可愛くないです。不気味で禍々しいだけですよ」

「もうツゥイ。せっかく陛下が自ら選んでくれたのだから」

「センスが悪すぎます」

「まあ、陛下が誰かに贈り物をすること自体初めてだったようで。大目に見ていただけると助かります」

さすがにセネットも申し訳なさそうに告げた。

女性に贈るようなものではないとは思っているのだろう。

けれど、テネアリアは歓声をあげた。

「まあ、それ本当？」

「補佐官殿がそう仰っていました。女性への初めての贈り物がこれとか印象深すぎるって」

笑い転げているサイネイトの姿まで浮かんできて、渋面をますます強張らせているユディングが容易く想像できた。

「なら、私も思い出に残るお礼状にしないといけませんわね」

楽しげに微笑むテネアリアの瞳が——虹色に輝いた。

就寝時間になったので、テネアリアはさっそく、木彫りの像を枕元に置いてみた。

景観を損ねるだの、絶対悪夢しか見ないだのと散々言いながら、ツゥイは部屋を出ていく。

テネアリアは我関せずそそくさと寝台にもぐりこんでまじまじと眺めてみた。

やはり怖い。

でもユディングが選んでくれたのだから、と何度も言い聞かせる。

初めてもらったものだから、やっぱり嬉しい気持ちの方が勝る。

忙しい彼はどんなことを思いながら、これを選んでくれたのだろう。

最終的に選んだものが彼らしくて笑える。

渾身の力で書いたお礼状を彼はどう思うだろうか。

木彫りを眺め、目を閉じる。

ユディングは愛を知らないと言うけれど、彼の行動には随分と想いが詰まっている。

サイネイトが仕向けているのはわかるけれど、十分に彼の態度から愛情を感じるのだ。

だからこそ自分の想いを知ってほしくて、お礼状には思い切り気持ちを込めてみた。もう読んでくれただろうか。

確かめたいけれど、今日はツゥイの言う通り大人しく眠った方がいい。

あんまりやりすぎると、また日中は寝台に押し込められる。誤魔化そうにも体に不調が出てしまえば、ツゥイにテネアリアが画策していることを気付かれる恐れがあるからだ。

ツインバイツ帝国は他国に戦を仕掛けて領土を拡大し続けている。現皇帝であるユディングは現状の領土以上に拡げるつもりはないようだが、周囲の国にけしかけられて結果的にさらに領土を得ているという状況だ。

現在、帝国内でも西部のザクセン領、南部のシェルツ領が怪しい動きを見せている。隣国と結託してツインバイツに攻め込む時期を見極めているのだろう。一つ国を挟んだ東の大国は虎視眈々と帝国領土を狙っているし、どこまでいってもユディングの周囲は落ち着かず、終わりが見えない。

だが、彼は一向に頓着した様子がない。

きっとそういうものだと思っている。

彼の人生に安らぎや安息という言葉はないのだ。

常に戦場に身を置き、生死を問われてきた。生きていることは死んでいないことと同義であり、生きることに楽しみが伴うなんて考えたこともないのだろう。

彼は愛がわからないと言った。

それが、生きることにどんな意味をもたらすのか、考えたこともないに違いない。

温かな布団にくるまって、テネアリアはふうっと息を吐く。

初めて彼を見た時、獣のようだと思った。

真っ赤な瞳は、どこまでも力強く生を渇望していたから。

何よりも鋭いその輝きに、一瞬で魅入られたのだと告げたら、彼は信じるだろうか。

きっと困惑するだけだろうな、と想像すると笑ってしまう。

両親から愛されたこともなく、恋人がいたこともないテネアリアに人間の愛はよくわからない。

せいぜいツゥイや世話係から受ける愛くらいだろう。主従愛というやつだろうか。

それでも、自分は愛を知っている。誰よりも愛されているから。

重苦しいほどの愛情を注がれて、生きてきたから。

テネアリアはそんな愛し方しか知らない。

でも、そんな愛し方だからこそ、彼に届くのではないかと夢想する。

今はとにかく、監視だ。

せっかく一年かけて邪魔をしたのだから、もう少し時間がほしい。

いや、ユディングがぬるま湯の日常に飽きてきているなら、すぐに邪魔はやめるが。

見極め時が難しいなと思いながら、テネアリアは眠りにつくのだった。

昨日の夜そんな不穏なことを考えた罰が当たったのだろうか。

「陛下、暗殺者に襲われたとか……ユディング様⁉」

朝から護衛のセネットに、昨晩ユディングが暗殺者に襲撃され、それを返り討ちにしたようだとの報告を聞いた。テネアリアが朝食もそこそこに執務室に駆けつけてしまったのは、一重に彼が心配で、無事を確認したかったからだ。

だが執務室の扉を開けた途端、悲鳴にも似た声で彼の名前を叫んでしまったのは、仕方がないだろう。なぜならユディングが血塗れで正面に立ち尽くしていたからだ。

声に気が付いたユディングが顔をこちらに向けて静止する。安定の渋面だが、どこか忌々しそうな表情は初めて見る顔でもある。

「け、怪我をっ。今度はどこを斬られて……」

心配になって慌てて駆け寄れば、皇帝の顔は更に苦々しさを帯びた。

「来るな！」

冷ややかで鋭い一喝に、テネアリアの足が止まる。

「呼んでいないぞ、勝手に動くな」

「お前ね、言い方があるだろうに。汚れるから近づかないでって可愛らしく言えばいいだけだろ。心配しなくても大丈夫ですよ、妃殿下。これ、単なるトマトジュースです」

ぽかりとユディングの頭を叩いて、横にいたサイネイトがのんびりと答えた。

「ト、トマトジュース……？」

「無理やり朝飯を食べさせようとして揉めた結果、こいつの顔にぶちまけちゃいまして……というか、襲撃の件を聞かれたんですよね。ここしばらくはご無沙汰だったのに、昨日久しぶりにやってきてしまいまして。まあ瞬殺で片付けてますから、この通り無事ですよ」

「そ、そうですか」

この通りと言われても血を滴らせるようにして立っているユディングのどこが無事に見えるのかわからない。だが一気に張りつめていた気持ちが切れた。思わずテネアリアは床にへなへなと座り込んでしまう。

「……！」

すかさずテネアリアを抱き上げるため近づこうとした気配を察したサイネイトが、目ざとくユディングを牽制する。

「安心して気が抜けましたか、しばらくこちらでお休みください。セネット、手を貸してさしあげてくれ。お前はジュース塗れの格好で妃殿下に近づくんじゃない、ドレスが汚れるだろう。さっさと頭と顔を拭いて着替えてこい」

顎をしゃくったサイネイトに、ためらいがちにユディングは頷いた。

「失礼します、妃殿下。お手をどうぞ」

「ありがとう、セネット」

後ろに控えていたセネットがサイネイトに命じられて手を貸してくれた。なんとか立ち上がって執務室のソファに座れば、確かに朝食が並んでおり、トマトジュースの入ったコップが置かれている。どういう争いが起こって、そんな惨事になったのか。

ユディングが無事ならば、なんでもいいが。

ユディングが着替えに出たのでふうっとテネアリアが息をついていると、もの言いたげなサイネイトの顔が近くにあった。

視線を向けると、わざとらしくにこりと微笑まれる。

「何か……？」

「随分と体調がよろしいようで、安心いたしました」

「ええ、もともとそれほど悪くはなかったの。大事をとっただけだから」

「そうですか。陛下からの見舞いの品はいかがでしたか」

「とてもぐっすりと安眠できましたわ」

「はは……それは何よりです。相変わらずあいつにとって素晴らしい妃ですね」

「褒め言葉として受け取っておきます」
「もちろんですよ。ところで、質問なのですが。
とがあるんですか?」
「え……とその……」
きらりとサイネイトの瞳が光ったような気がした。
自然とテネアリアは背筋を伸ばす。
「いえね、いろんな噂はありますが、陛下が体を斬られた
恐ろしく悪運が強いということもありますが、物凄く剣の腕
身の怪我で血塗れになるようなことはほとんどないんですよ。
塗れの姿は見たことがありません。返り血を浴びたところは見
　にこりと微笑んだまま、サイネイトはテネアリアを窺うように
「……」
「妃殿下はここに来た時、『今度は』、と仰いましたよね?」
サイネイトが畳みかけてくる。
ユディングの姿を見て、動揺のあまり余計なことを口走ってしまったら
テネアリアはぎゅっとスカートを握りしめながら、平静になるように努め
ここでサイネイトから視線を逸らしてはいけない。

ツゥイが、真っ青になって固まっているテネアリアの元にまっすぐに突っ込んできた。いつの間にか窓ガラスを突き破らんばかりに雨風が吹きつけている。だから、ツゥイが飛ぶようにやってきたのだろう。

自分の感情がとてつもなく乱れていることはわかっている。そして全く制御できていないことも。被害がどれほどになるのか、テネアリア自身にもわからない。

その証拠に、先ほどから周囲がざわついているのに気付いていても、自分ではもはやどうすることもできない。

『ツライ』

『カナシイ』

『アソブ』

『ハシャグ』

『ヨリソウ？』

漠然とした思念が大波のようにテネアリアを襲って視界を遮る。

明るいのから暗いの、戸惑いからかすかに怒りまで。

彼らの思念はいつも明るいか暗いか。

そして僅かな感情だ。片言の、まだ幼い子どもが話すような漠然とした思念が伝わるだけだ。

それがざわついてひどくうるさい。

意識が引っ張られて、テネアリアを形作る何かが溶けて消えていきそうな錯覚を覚えた。

「どうしたんだ？」

――っ！

耳朶を打つ低い声音に、テネアリアの意識が引き戻された。

いつの間にか部屋に戻ってきていたユディングが訝しげに一同を見つめている。

赤い双眸に、テネアリアは泣きたい気持ちを堪えた。

彼の視界に自分がいる。ただそれだけで、テネアリアは自分がちゃんとこの場に実在することを感じられた。

「お前も、やはり泣くのか……」

小さな問いかけは囁きほどの声で、テネアリアはしっかりとユディングを見つめた。テネアリアはまだ、泣いてはいない。なのになぜか、彼の方が倒れ込みそうなほど蒼白な顔をしている。

「体調を崩されたようです。妃殿下をお部屋にお戻ししてもよろしいでしょうか」

ツゥイが状況を悟ってすぐに答える。普段はユディングに怯えているが、こんな時は有能である。

「ああ、そう言われれば随分と顔色が悪いな」

はっとした様子のユディングはすぐさま頷いた。

「なんだ、無理をしたのか」

平坦な声音はいつもと変わらない。素っ気なくて冷たく聞こえる不機嫌な声。それなのに己にとってはすっかり安堵するものなのだから、彼が本当に好きだと実感する。

テネアリアの愛しい英雄様だ。

「ユディング様の無事がわかって安堵したら気が抜けたようです。すみません……今日は、失礼させていただきます」

「わかった」

言いながら大股で近づいてきたユディングは、ひょいっとテネアリアを抱き上げて腕に座らせる。

「へ、陛下⁉」

「部屋まで送ろう」

「え、でも大丈夫ですわ……っ」

「大人しくしていろ。着替えたし、運び方は合っているだろう？」

やや上目遣いで問いかけられて、テネアリアはパチクリと瞬きしてしまった。

サイネイトにドレスを汚すなと叱られたことを気にしていたのだろうか。そもそも運び方を聞いている時点で荷物扱いだと思う。

だけれど、不意に泣きそうになってしまって、それを誤魔化すように破顔した。

温かく力強い腕は、自分の心を落ち着ける。

叫びたい気持ちは一つだけ。

愛してる――全身全霊でそう告げられるのに。

自分は彼のもので、彼は自分を好きにしてくれていい。

だからもっと近づいて、寄り添いたい。

その気持ちに嘘は何一つない。

英雄は『愛し子』を現実に縛り付ける楔でもある。ツゥイが昔から語る内容を実感する。

「それでは、よろしくお願いいたしますわ」

満足げに頷く彼を見て、テネアリアは何を問われても構わないと腹を括る。

人の恋路を邪魔する権利は、誰にもないのだから。

「何があった？」
ユディングがテネアリアを部屋まで送って寝かせてから戻ってきてみれば、サイネイトが果てしなく落ち込んでいた。執務室のソファに深く座り込んで項垂れている。

自信家の彼のそんな姿を見るのはなかなか貴重だ。

それをセネットがどうしたものかと眺めていたところだった。

「すまない、完全に俺の落ち度だ。彼女は間者かもしれない」

テネアリアを間者だと告げる内容に、ユディングは凄まじい違和感を覚えた。

サイネイトはそう言ってテネアリアを責めたのだろうか。

だから彼女は泣き出しそうな顔をしていたのか？

そんなテネアリアを見た時に、やはりユディング自身が怖がられたのだと背中に冷水を浴びせられたようにひやりとした。手足の感覚がなくなるような恐怖を覚えたが、すぐに自分を恐れていたわけではないと気が付いて安堵した。

あの時の冷たさが蘇って、ユディングは知らず指先の感覚を確かめる。

しっかりと血が通って温かいことを確認してから、サイネイトに近づく。

「彼女を責めたのか。お前が手配した婚姻だろう」

「そうだ。なんのつながりもない遠い島国を選んだつもりだった。だが、昨日の暗殺者といい、彼女といいすべてがつながってる気がして……」

暗殺者の遺体を調べたところ、東から流れてきた外国人だとわかった。暗殺者を差し向けられる心当たりがありすぎて絞り切れず、一旦この話は保留となっていた。

だが、ここにきてサイネイトはテネアリアを疑い出したのだ。

「あれはただの少女だろう」

「でも、お前の肩の怪我を知っていたんだ！」

頭を抱えたまま、サイネイトが叫んだ。

セネットがその横で頷く。

「陛下が三年前に受けた刀傷のことです。彼女はその場にいた一部の者しか知らないはずの肩の傷を、噂で知ったと答えました」

三年前といえば、東の国と戦をしていて、味方だった者たちに裏切られた苦い記憶しかない。

山の中まで追いたてられ、結果的に孤軍奮闘してさすがに死を覚悟した。

あの時、味方だった副官に脇腹を刺されて敵の大将から肩を斬られたのだ。

その傷が原因で、利き手の反対で自在に剣を扱えなくなった。それまでは両手で適宜持ちかえて使っていたため、違和感が凄まじいのだ。ただ振り回すことはできるので、両利きのままだと認識されるようあえて両手で剣を握って、戦い抜いた。

だからこそ怪我をしたことは誰にも悟られていないはずだ。それをテネアリアが知っていたということに、さすがのユディングも驚きを隠せない。

「それは……つまりどういうことだ？」

「それがわかんないから、頭を抱えてるんだろう!?」

堪らなくなって叫んだサイネイトに、ユディングは冷めた視線を向ける。

「お前が考えてわからないなら、誰もわからないから諦めろ」

「あー、はいはい。どうせ考えることは俺の仕事だよ。諦めずに考えますよ！　だから、お前は妃殿下とは距離を置け。彼女には秘密がある」

言い切ったサイネイトの瞳には猜疑心が見えた。

「秘密？」

「それがなにかはわからない。そういえば侍女殿が人に被害が及ぶって慌てていたのもよくわからないな……」

「なんだそれは？」

「いや、お前がいない間の話で、それはいい。彼女自身か彼女を遣わした誰かの思惑なのか。とにかくお前を害するつもりかどうかがわかるまでは近づくな」

「仲良くしろと言ったり離れろと言ったり忙しいな」

「俺だって、お前があんな可憐な幼妻に惚れられて振り回されてアワアワしている姿を見て楽しむつもりだったのに！　なんでこんなことになって落ち込んでるんだ!!」

「そんなことを堂々と宣言しないでくれないか……」

確かにテネアリアが来てから、ユディングは慌てることが多い。感情を揺さぶられている。それはサイネイトの思惑通りだろう。

呆れたように告げれば、セネットの苦笑がひっそりと重なった。

「昨日の刺客を雇った大元の特定はまだできていないんだろう？」

ユディングが尋ねれば、サイネイトは難しい顔をしながら頷いた。

彼の表情を見つめて、ユディングは昨晩のことを思い出す。

ついユディングの視線が、机の端に置かれた白い封筒に向いた。セネットが見舞いのお礼状だと持ってきたものだ。

普通は快癒の報告を兼ねて手紙を送るものだそうだが、よほど嬉しかったのでしょう、すぐにしたためられて……とセネットが話してくれた。

生まれて初めて誰かに贈り物をした。

だからそんな手紙をもらうだなんて想像もしなかった。

もちろん、サイネイトはからかいにからかった。とにかくうるさいので、早々に業務を終えてさっさと部屋から追い出した。自分に非はないと思う。だが散々からかわれたので、物凄く気になってしまった。単なる手紙といえども存在感がすごい。もちろん手紙が声を出すわけでもないのだが、開けろ～読め～と声が聞こえてきそうなほどだ。

仕方なく、手紙に手を伸ばした。さらりとした紙の質感は上品な手触りで、いつも触っている書類とは全く異なる品質だ。封を開けて、かさりと折り畳まれた手紙を取り出すと、ふわりと花のような甘やかな香りが漂った。

『ありがとうございます、ユディング様』

不意に少女の楽しげな声が聞こえて、ユディングは顔を上げた。

だが、部屋には自分一人だけで、扉が開いた形跡もない。

幻聴が聞こえたのだろうか。

再び手紙に視線を向ければ、だが確かに声が聞こえてくる。

『お忙しい中、わざわざご自身で選んでくださったと聞きました。とても嬉しかったです、大事に枕元に飾りますね』

思わず誰何の声をあげた。

声はユディングの妻になったばかりのテネアリアのもので間違いないが、見回しても誰もいない。

カタンと物音がして、ユディングは傍らに置いた剣を掴んで素早く天井へと突き刺した。

手ごたえを覚えるとともに天井を突き破って、人が転がり落ちてきた。

どうやら暗殺者がいたようだ。

扉の前に控えていた見張りが物音を聞きつけて扉を開けた時には、始末はついていた。

死体の処理を頼んでふうっと息を吐く。

サイネイトには天井の修理を頼まなければならない。

見張りの兵士に声をかけて廊下に出ると、ユディングは手紙を執務机の上に置いたままにしていたことに気が付いた。

暗殺者は男だった。骨格がどう見ても女ではない。

であれば、先ほど聞こえた妻の声は一体どういうことだ？

暗殺者が二人いて、もう一人の暗殺者が女で手紙を読んで逃げたということだろうか。

そもそも暗殺者が手紙を読み上げて居場所を教える必要などないのだが。

ユディングは不可思議な気持ちを抱えたまま自室に向かったが、朝になってみてもやはり意味がわからなかった。

再びお礼状を開けた時には、もう声は聞こえなかった。

だが気のせいで片付けるには、違和感が甚だしい。

「秘密か……」

小さくて病弱で、いつもにこにこ笑っているお姫様に一体どんな秘密があるというのか。

ユディングには想像もつかないのだった。

第二章 欲張りな気持ち

「ご挨拶、ですか？」

久しぶりにユディングに呼び出されたのは、あの日――テネアリアがサイネイトの前で失言した日――から五日後のことだった。

それまでは顔を見せることも呼び出されることもなく、与えられた部屋でひたすらに大人しくしていた。狭い部屋に何日間も籠もることには慣れているので、そのこと自体に問題はない。ただユディングの目に自分がどう映っているのか……それを想像するだけで、眠るのが怖かった。

セネットは居心地の悪そうな顔をしながらも護衛についてくれたので、恐々としながらユディングの様子を窺っていたのだが。

「この国の始まりは知っているか」

「北の国の一人の戦士が国を興したと聞いておりますが」

「そうだ。この国の皇帝は代々勇敢な戦士が担ってきた。多少血筋が物を言うとしても、最終的には数多の戦に勝ち、生き残った戦士だけが真の皇帝と呼ばれている。その戦士たちの軀が安置されている霊廟が山の方にあってな。最初の戦士の故郷の山だ。霊峰セレク。そこに、結婚の報告に行くことになった」

「二人で、ですか？」

「護衛は連れていくが人数は最低限だ。少し遠出になる」

「かしこまりました」

頷く以外の選択肢などあろうはずもなく。

ユディングからの突然の同伴要請に、テネアリアは優雅にお辞儀をしてみせるのだった。

今回の旅程は四日ほどだ。

馬車で一日かけたところに霊峰はある。まずは麓の町まで行って、次の日に霊峰に向かう。霊廟は山の中腹にあるらしい。そこまで歩いて登り、麓の町でもう一泊して戻ってくる。余分な一日はテネアリアの体を気遣ってのこと。

緩やかに進む馬車は、湖沼地帯を抜け、そびえたつ霊峰に向かって草原を征く。

隊列は僅かで、護衛も荷物も最小限だ。

ユディングだけならもっと少ない人数で移動するのだろう。

テネアリアがいるから多いのだ。ツゥイは後ろの馬車でついてきている。

今乗っているのはテネアリアとユディングの二人きり。

外の景色を眺めるふりをしつつ、テネアリアはユディングを盗み見た。

あの日から初めての二人きりだ。テネアリアの心が晴れるはずもなく、外の天気もどんよりしている。

彼は腕を組んだまま、目を閉じていた。口は真一文字に結ばれて全く動く気配がない。起きているのだとは思うが、テネアリアと会話するつもりはないようだ。

いつもならば、とりとめない話題を振るのだが、さすがに声をかけるのは憚られた。

彼が何を考えているのかさっぱりわからない。

サイネイトから話を聞いているはずだ。

間者だと疑われているのも知っている。

それなのに、彼は少しも反応を見せない。考えを明かさない。

それが不安でもある。

沈黙が続く中、馬車は静かに霊峰の麓の町に到着した。

日暮れ前であったので、一行は町の唯一の宿に泊まることになった。もともと霊峰を訪れるための宿なので、上階は王侯貴族も利用できる手の込んだ豪奢な装飾のある部屋が並ぶ。小さな町の宿にしては立派だ。

テネアリアに宛てがわれたその部屋は二間続きで、風呂などもある。城ほどではないが、華美な家具の置かれた部屋だった。広めに取られた部屋を一人で使っていいらしい。

夫とは別。要は警戒されているということだろうか。

ソファで一息ついていると、ツゥイが顔を出した。

「妃殿下、夕食をこちらにお運びしてもよろしいでしょうか」

「どうぞ」

「失礼しますね」

二人分の食事を抱えている侍女を見つめて、テネアリアは感激の声をあげた。

「さすが、ツゥイ。わかっているわね」

ここ数日、部屋に籠もっていた時も彼女は一緒に食事をとってくれた。一人きりの食事は味気なく悲しい。気分が落ち込んでいる時にはとくに。

だからこそ、本来はマナー違反なこともツゥイは黙認してくれる。その心遣いがありがたかった。

「お願いツゥイ、相談に乗ってくれる？　もうどうしたらいいかわからないの」

「仕方ありません。妃殿下の心の安寧を保つために努めるのも私の職務の一つですからね」

「私の大好きな英雄様の話よ。夫婦間の話なんて他人においそれとできるものではないでしょう？」

「それ以前の問題のような気もいたしますが。そして、できれば私はあまり陛下のお名前を聞きたくありません」

確かに、初めからこの侍女は彼を快く思ってはいない。テネアリアに英雄が必要だと昔から言い聞かせてきたくせに、その英雄としてユディングを認めていないのだ。

引きこもりの自分とは違って、ツゥイは城のあちこちに顔を出している。そのため、ユディングの恐ろしい噂話を聞かされることが多く、最終的にテネアリアに危害を加えるのではないかと心配しているのだ。

もっとユディングと話せば、彼が噂とは違う人物だと知ることもできるだろうに、極力近寄ろうとしないのでその機会も少ない。テネアリアからの話は恋するフィルターがかかっていて眉唾ものだと思い込んでいる節があるので聞き入れてもくれない。結果的にツゥイ本人が彼と接触しない限り、状況は変わらないのだ。

「はあ、それで。陛下から何かお話はありましたか」

料理を並べ終えたツゥイは、向かいの席に着きながら無表情に尋ねた。さらりと聞かれたので、興味がないのかと疑ってしまうほどだ。だが、それはテネアリアが話しやすいように配慮してくれた彼女の気遣いだとわかっている。

それでも話半分くらいしか真剣みのない侍女の態度に、拗ねた気持ちが湧き上がる。

「私の心の平穏を望むのなら、もっと真剣に聞いてちょうだい」

「姫様の話だと陛下は全くの別人なんですよ。無口で無表情で強面だけれど、内面は優しくて情熱的？　そんな人、いません。敵を殺して回るのも国を想ってのこと？　女の人には目もくれず、煩わしいと思ってる？　そんな話、こちらでは一度も聞いたことありません。ですからねつ造を疑っても仕方ありませんよね。どう考えても話半分に聞く案件ですよ」

「さすがに、失礼だわ。本当にユディング様は素晴らしい人格者なのよ」

「はいはい、それで、その人格者の陛下とは馬車の中でどんな話をなさったんですか。さぞ有意義なお話をなさったんでしょうね」

かちんときてテネアリアは立ち上がってばんと机を叩いた。

「ツゥイの馬鹿っ。少しも聞く気がないじゃない」

言い放った瞬間、突風が部屋に吹き荒れた。

ツゥイがしまったという顔をしたが時すでに遅し。けたたましい音とともに食器が舞い上がり壁に叩きつけられた。

「やめて、違うの。ツゥイを傷つけないで！」

皿がツゥイに向かって飛んで行くのを見て、テネアリアは悲鳴じみた声で叫んだ。皿は方向を変えて、すべてが壁に叩きつけられる。

がしゃんがしゃんと派手な音が鳴り、料理とともに床に落ちて散らばった。

「何事ですかっ⁉」

外で控えていたセネットが慌てて踏み込んできたと同時に、テネアリアは続きの間の寝室へと駆け込んで、ばたんと扉を閉めるのだった。


それまで黙っていたユディングが切り出した。

朝の挨拶をして今日の行程を聞いて、山の麓まで馬車で運ばれ、霊峰にあるという霊廟まで山道を二人で歩いている時のことだった。

それまでむっつりと黙って前を向いたまま、さくさくと進むユディングについていくのに必死で、テネアリアは一瞬何を言われたのかわからなかった。

「え？」

「侍女と喧嘩をしたんだろう。朝から一言も話していなかった」

「あ、はい。いえ、その……」

確かにツゥイは今朝、昨日は言いすぎたと謝ってくれた。やらかした自分を決して責めることもしなかった。それに素直に頷けなかったのはテネアリアの方だ。

侍女と喧嘩するなんて子どもっぽいと思われただろうか。妃としては失格だという自覚もある。

「いえ、少し行き違っただけですから」

「それで皿を投げつけたのか」

「え、違――っ」

違うのだと声を大にして叫びたい。

癇癪を起こして侍女に皿を投げつけるとかどんな非道なお姫様だ。

サイネイトが描いていたであろうおとぎ話のお姫様のようになりたいのに。どうしてこうも上手くいかないのだ。

だが、話せない。

詳細を話せば、自分の秘密も明かさなければならなくなる。

それはテネアリアが考えた当初の計画から外れるのだ。そうなれば、母が心配していた失敗につながるような気がした。

ぐっと押し黙ったテネアリアは、唇を噛み締める。

「何かあれば言っていい。お前は、いつも我慢をしているように見える」

不意に足を止めたユディングが、汗で張り付いたテネアリアの横髪を優しく払いながら告げる。

労わりに満ちていて、どこまでも優しい。

赤い瞳がまっすぐに自分を映しているのがわかって、それだけで心臓がぎゅっと引き絞られたかのように痛んだ。

「私、ユディング様が好きです」

懸命にユディングを見つめ返せば、彼は困ったように眉間に皺を寄せた。

「好きで好きで好きでどうしようもないくらい好きなんです！」

バカの一つ覚えみたいに、拙い感情を押し付けてしまう。

「それは……とても困る」

でしょうね、そういう顔していますもんね。

テネアリアは泣きたいような笑いたいような、複雑な気持ちで俯いた。

いつでも全力で前向きでいるのは難しい。

孤独なユディングを甘やかして幸福にしたい。

その気持ちに偽りはないのに。

最初は傍に居られるだけで満足だったのに、気付けば言葉を交わして寄り添って。見つめ合える機会が増えていくにつれ、いつの間にか欲深くなってしまった。もっともっとと心が叫ぶ。気持ちだけがどんどん膨らんでいく。

愛してくれなくてもいい。ただ嫌わないで。

いや、むしろそれよりも。

テネアリアは両手を握りしめた。声が震えてしまいそうになるのを懸命に堪える。

「……疑わないで」

下を向いていたけれど、はっとユディングが息を呑んだのがわかった。テネアリアはぱっと顔をあげる。

「私の気持ちを疑わないでください。私は貴方に危害を加えるつもりなんか露ほどもないんです」

「――っ」

ユディングが何か言いかけた時、すっと二人の間を切り裂くように飛んで来る物体があった。それは近くの木にとすんと刺さる。

「矢？」

「禁足地だぞ、余所者め」

ユディングが吐き捨てつつ、テネアリアの体を抱き寄せた。彼の厚い胸板を感じながら、テネアリアの心は歓喜に震えた。襲われた瞬間、彼は当然のように自分を護ってくれたのだから。

けれど余韻に浸る間もなく、剣を抜いた彼が飛んでくる矢のいくつかを薙ぎ払うのをハラハラと見守る。

硬質な音とともに矢が地面に落ちる。

だが飛んでくる数が多い。

そのうちのいくつかがユディングの腕に刺さったのを見て、テネアリアの頭は真っ白になった。

「私の愛しの旦那様になんてことを！」

叫んだ途端、テネアリアの怒りが沸点をゆうに超える。そしてぷつりと意識が切り替わった。

——思い知らせてやる。

思考は一つ。

だがすぐに何千という思念が重なる。それはあまりに膨大で、頭の中をぐちゃぐちゃにかき混ぜるような気持ちの悪いものだ。

霊峰というだけあって、ここはどうしても同胞の数が多い。ただでさえ自然の多い場所には集まりやすいものだ。

だが、思考に埋もれてしまっては自分の存在が消えてしまう。

『アソブ』

『オコル』

『アツマル、アツマル』

『バツヲ』

『報復を与えるの！』

渦を巻くような思念の中、テネアリアは己の意思をはっきりと伝えた。

それだけで喜ぶように一つの思考にまとまる。

『ホウフク』

『ホウフク』

『ホウフク』

テネアリアの体から力が抜けたのに気付いたのか、ユディングが慌てて名前を呼ぶ。その声を遠くに聞きながら、テネアリアは空へと駆けるような気持ちで意識を手放した。

そうして、霊峰の裾野に雷がいくつも落ちる様を、麓の町は神のお怒りだと平伏しつつ見守ったのだった。

目を開けると、ユディングの顔が目の前にあった。

「へ、陛下？」

「目が覚めたか」

「はい、すみません。粗相をいたしました」

「襲撃に遭えば、まあ怖いものだろう」

彼は襲撃に遭った恐怖で気を失ったと思っているようだ。テネアリアは胸を撫でおろした。このままか弱い姫路線を継続させるべきだろう。

彼の腕の中で抱き締められている。それをもっと実感したくて、胸に顔を埋めた。

だがすぐにはっとする。

「お怪我は大丈夫ですか」

「軽く刺さっただけだ、毒が塗ってあるわけでもなかったから問題ない」

矢が刺さった部分は、服を裂いた布で簡単に手当てされていた。周囲に人気はなく、彼が自分で施したのだろうと窺える。

「怪我をしたことに変わりはありませんから、少しは痛がってください」

「人より感覚が鈍いんだ」

「本当にもう……苦痛は感じてるでしょうに。わかりましたわ、では、私が陛下の感情になります」

「うん？」

「貴方の代わりに痛がって泣いて笑います。私を見て感情を知ってください」

「無茶を言うな」

「無茶じゃありませんよ、本気ですからね」

胸を張れば、彼は安定の困り顔を向けてきた。

これも時間をかけて教えていかなければならない。テネアリアはそう決め話題を変える。

「襲撃してきた者たちはどうなりました？」

「急に雷が落ちてきて退散したようだ。不思議なことに、俺の周りでは危機的状況になるとよく雷が落ちるんだ」

「噂で聞きましたわ。神のご加護だとか？」

「呪いだと言う者もいるが。だから、もう安全だ」

ユディングは軍神の加護があると専らの噂だ。これまで窮地に陥った戦場で数々の雷を落としてきたらしい。そのため周辺国ではユディングが率いている間は戦争で勝ち目はないと言われているほどだ。

だがテネアリアは雷の正体を知っているので曖昧に微笑んだ。

「ええと……？　ここはどこですか」

「霊廟の前の広場だ。花しかないが」

促されて周囲を見渡せば、白い小さな花が揺れていた。辺り一面に広がっている。

「わあ、綺麗ですね」

「ここでしか咲かない花らしい。それに花弁は傷に塗り込めば痛みを和らげる薬になる。あとは葉もだ。毒消しになるそうだが苦いらしい」

いつもよりも饒舌なユディングに、テネアリアは意外な目を向けた。たちまちユディングは眉間に皺を寄せた。心底不機嫌、怒髪天を衝くと言っていいほどの形相だが、これはいつものあれだ、困っているのだろう。

「もしかして、慰めようとしてくれています？」

「……会話が大事だと聞いた」

　慰めるために会話が必要？

　怖がって気絶した妻の気を紛らわせようとしてくれているのだろうか。

　会話というよりは薬に関する情報だが。

　せっかくおとぎ話のような花に囲まれた空間で、二人で抱き合って眺めていて、する話が花の効能とは。

　さすがユディングだ。

　でも不器用ながらも気遣われているのがわかるから、とても嬉しい。

　彼ははっきり言ったわけではないが、別にテネアリアを疑っているわけではないのだ。それが態度から伝わってきて心底安心した。

　テネアリアは力を抜いて、彼に全身を預けて腕の中のぬくもりを堪能する。

「無理にお話しくださらなくても大丈夫です。ユディング様と綺麗な場所を眺めて、抱き締めていただいているだけで十分ですわ」

　ユディングの赤い瞳を見つめて微笑めば、彼は堪りかねたのか、ついに唸り声をあげるのだった。

落ち着いた頃を見計らって、ユディングは霊廟の中へとテネアリアを案内してくれた。

霊廟はそびえたつ山を削って造っている。表の柱も扉の細工も見事な彫り物が刻まれていた。

入り口をくぐれば、山を掘った洞窟が続く。

濡れた細い道を揺れるランプの光に照らされながら、二人で並んで進む。

「噂のおかげで、こちらに来る回数が増えた。サイネイトが、俺が信心深い方が噂の信憑性が増すというからだ」

「それでここには灯りがついているのですか？」

奥から漏れる灯りを不思議に思えばユディングが答える。

「あれは墓守の仕事だ。俺たちの前に姿を現すことはないが、ここの管理をしている者たちがいる」

ほどなくしてひらけた場所に出た。

真上を見上げても、天井までどれほどあるものなのか乏しい光では測れない。

一方、正面にある巨大な人物像は、剣を地面に突き刺してこちらを睥睨していた。眼光鋭く、石像だとわかっていても震えが走るほどだ。

「あれが戦士ガウリデスだ」

ユディングの祖先だからか、なんだか彼と似ているようにも思えた。

その石像の前に祭壇があり、まだ瑞々しい花が飾られていた。先ほど広場で見た小さな白い花だ。

「そういえばまだこの花の名前を伺ってませんでしたわ」

「花の名前？　確か、ラミラとかいうはずだが」

「ふふ、あまり興味がなさそうですわね」

「花の名前を覚えても役に立たない」

「ラミラという言葉は『あなたに寄り添う』という意味を持ちますわ。陛下に言ってもらえて嬉しいです」

ラ・ミラと文節で区切られる古語だ。

心は死者に寄り添っている、寂しくないようにとの願いを込めて祭壇に供えられるようになったのだろう。

ユディングが再びぐうっと唸る。

嵌められたと感じたのだろう。いつも以上に渋面だ。

「俺は意味を知らなかった」

「ふふ、私は知っていたので役に立ちました」

ユディングから「あなたに寄り添う」だなんて甘い言葉を言ってもらえるわけがないことはわかっている。事実、彼が自分を好きではないことも理解していた。

だからこそ、意味もわからず教えてくれた小さな花の名前だったとしても、テネアリアは満足だ。

落ち込んではいられない。

「祭壇の前では、何をすればよろしいのですか？」

「俺の横に並んで像に祈りを捧げるだけでいい」

むっすりとした顔をしたまま、ユディングはやや大股で祭壇へと近づいた。

その横にテネアリアも並ぶと、跪いた彼に倣って祈りを捧げる。

そうして静寂が辺りを包んだ。

テネアリアはユディングの妻になれたことをひたすらに感謝した。

彼は本当に格好よくて、日々惚れ直していること。

彼の優しさに毎度悶絶絶叫していること。衝動を抑えるのがとてもとても難しいこと。

挙げれば挙げるだけ、次から次へとお礼の言葉が浮かぶ。

「そんなに熱心に祈りを捧げるのか……」

一心不乱に報告していたので、どれくらいの時間が経ったのかテネアリアにはわからなかった。

だが、どうやら終わりでいいらしい。

服の裾についた土を払いながら立ち上がり、彼を見上げる。

「ユディング様は何を祈りましたの」

「？　――結婚の報告に来ると言っただろう。テネアリアが俺の妻だと告げたんだ」

その瞬間体中を走り抜けた喜びは、筆舌に尽くしがたい。

テネアリアが激情に震えた途端、物凄い雷鳴と突風の吹き荒れる音が、洞窟の中に反響して轟いたのだった。

「お前さ、本当にわかってる？」

結婚報告を終えようやく戻ってきた城の執務室で、サイネイトに呆れた視線を向けられたユディングは、眺めていた書類から顔を上げた。

「あ、その顔はなんにもわかってないな！」

「何がだ？」

「妃殿下のことだよ、なんでそんな警戒心ゼロなんだ。いや、それだけじゃないっ」

びしりと指を突き立てて、彼は勢いよく捲し立てた。

「霊廟から帰ってきてからこちら、彼女が移動する時は腕に抱っこして運ぶ、話す時は身を屈める、または抱き上げる、挙げ句のはてにはあんな蕩けるような瞳を向けて！　お前、完璧に絆されてるだろっ⁉」

「はあ。そんなことはしていないが」

「無意識？　無意識なの⁉　天然かっ。だったらもっとたちが悪い！　俺が一人で妃殿下を疑ってんのが馬鹿みたいだろうがあっ」

　本音はそれだろう。

　忙しい中、結婚報告などという馬鹿げた理由をつけて襲撃に遭いやすくする。護衛は最小限でいかにも狙ってくださいという状況。

　あまりにおあつらえ向きすぎて、しっかり禁足地で襲撃を受けたわけだが。

　そもそもはサイネイトの計画だった。それなのに彼女がクロと断定できないから苛立っているのだ。

「彼女は無関係だ」

「なんで言い切れるんだ」

「勘、だな」

「勘だあ？　ホント勘弁しろよ、そんなのでこの世の中渡って行けるわけないだろう！　騙し合い化かし合いの昨今の政治情勢を見てみろ。お前、殺されるかもしれないんだぞ」

「いつかは誰かに殺される。早いか遅いかの違いだけだ」

「だあっ、刹那的に生きてるお前に言っても無駄ってことはわかってたよ！　だから俺が警戒して正体暴こうとしてんのに、お前はほいほい懐柔されやがって!?　妃殿下が姿を見せるだけで近寄って抱き上げて撫でくり回してるヤツの台詞じゃないな!!」

「……それはしてないだろう」

絶対に撫でてはいない。

それに近づいてくるのは彼女の方だ。ただ身長差があるので、話をするには抱き上げるか身を屈めた方が早いと思うだけだ。小さな濃い金色の頭が目の前で揺れると触れたくなるし、囁くような優しい声音で話しかけられればもっと近くで聞きたいと思う。

ただ、それだけだ。

「だからそれが問題だって言ってるんだろうが。俺もそれを望んでたから本来ならいいことなんだけど！　相手が悪いっ。俺が用意したんだけど！　もうやだ、自覚ない馬鹿のために、なんで俺がこんなに悩まなきゃならないんだ。誰も協力してくれないし、噂を調べてもなんだかスッキリしないし……」

「どういうことだ？」

「ほら、結婚相手を決める時に風の噂で彼女の話を聞いたって言っただろう。だけど、城の中でもう一度きちんと調査したら誰もそんなこと話していないんだよ。つまり、そこから仕組まれていたのかもしれない。敵に踊らされていたのかもしれないと青くなってるってのに、なんでお前はなんにも疑わないんだ！」

「まあ、無駄なことだとは思う」

「ああっ⁉」

ぎっと睨みつけられても怖くもない。

ユディングは静かな瞳でわめくサイネイトを見つめる。自分の中に、確固とした信念がある。

あの時、小さな体を震わせながら、苦痛を堪えるように彼女はユディングの前に立っていた。そんな健気な彼女の青緑色の瞳をひたりと向けられて乞われた時から、ずっと揺らがないもの、だ。

「疑わないでと言われた。だから疑わない」

「裏切り者が馬鹿正直に裏切ってますって言うわけないだろうがあああっっっ！」

サイネイトの絶叫が二人きりの執務室にこだました。

と、同時にいくつもの雷が合わさるように、窓の外に落ちたのだった。

第四章　信奉者との邂逅

「起きているのが辛い」

「なんです、怠惰な生活をしておいてまだ足りないと？　一日中ゴロゴロしているのも御身にはよくありません、せめて起き上がられてはいかがですか」

「そうじゃなくて……」

眠っている間は、ユディングの傍にいられるから――。

そう思ったけれど、テネアリアは言葉を濁した。

ときめき満載の結婚の報告から戻ってきたけれど、テネアリアの状況は何一つ変わっていなかった。

寝て起きて、時折ユディングに食事をとるように襲撃して、サイネイトからは苦々しげな視線を向けられる。

ユディングの味方を増やせたわけでもないし、皇妃として認められたわけでもない。依然として間者ではないかと疑われたまま、肩身の狭い思いをしている。

これではこの国に嫁いできた意味がない。

テネアリアがユディングを幸せにしたかったのは確かだが、かといって自身の秘密を打ち明ける勇気もない。

始祖への婚姻の挨拶に行って、ユディングの素晴らしさに気付いて、ますます彼が好きになった。生まれて初めて、自分がこの世に存在する意味を考えた。

だからこそ、このままではだめだとわかっている。

いっそ予知ができると宣言して、ユディングの敵を指摘してみるとか。

けれど、疑われている者の言葉など決してサイネイトは信じないだろう。

こうして皇妃となるべくやってきたからには、ツインバイツ帝国に利となるように動きたい。

せめて彼が、日常的に命を狙われることがないようにしたい。ひいてはそれが、ユディングの幸福につながるに違いないのだから。

そうと決まれば、何かいい案はないだろうかと思案していると、面会予約が入っています、とツゥイが告げた。

「面会、私に？」

「一応は妃殿下ですから、一度はまあ挨拶に来たいと、そんな感じの内容でした」

「まだ皇妃としては何もしていないのに？」

「本人が堂々と仰るものではないと思いますが……それでも敢えて挨拶したいと言うからには何かあるのではないですか。霊廟に挨拶に行ったじゃないですか。好意的に考えれば、それで正式に認められたということで、ご機嫌伺いに来られたのでは？」

　ありえない。

　始祖への婚姻の挨拶だって、テネアリアが尻尾を出すかもしれないとサイネイトが仕組んだことだ。その程度で、テネアリアの地位が向上するとは思えない。

　テネアリアは小国から嫁いだお飾りの妃だと思われている。

　皇都に着いた初日にツゥイが話していた通り、誰もテネアリアの存在など認めてはいない。

　そもそもサイネイトがユディングの妃に求めたのはおとぎ話のような可憐な姫だ。

　頭が空っぽで相手の言うことに唯々諾々と従う楚々とした娘。ついでに実家が口うるさくなくて、親戚連中も口を出してこない相手であれば誰でもよかった。周辺国はユディングを恐れて嫁を差し出さなかったから、ちょっと遠くまで声をかけただけなのだ。

　彼の意図を正確に理解しているからこそ、テネアリアは極力大人しくしていたというのに。しかしその努力も、すっかり水の泡になりかけているけれど。

「それで、そんな面会を求めてくる方ってどなた？」

「プルトコワ・デル・ツインバイツ公爵様です。前皇帝の弟君で、現皇帝陛下の叔父上様ですよ」

「あの方が……」

とうとう本山が動き出したのか、とテネアリアはため息をついた。

現在、ユディングの政敵にあたる非常に厄介な男である。ユディングの父、先代皇帝の怒りを買い僻地で幽閉されていたが、亡くなると同時に禁を解かれ皇都に戻ってきた。持病のためユディングに帝位を譲ったものの、隣国の姫を母に持つプルトコワの周囲は彼がその座に納まることを諦めてはいない。しかも彼自身それを否定せず周囲を窘めもしないのだ。のらりくらりとした立ち位置を崩さないため、決定的に排除がしづらい相手なのである。

「その反応。やっぱり公爵様をご存知でいらっしゃいますね？　他人になんてさほど興味のなかった妃殿下が随分と帝国の情勢にはお詳しいですよね。いつの間に情報を得たのですか？」

ツゥイがじとりとした視線を向けてきたので、テネアリアはがばりと体を起こす。

「皇妃になったのだから、国に尽くすのは当然ではないの。お前こそ、鎌をかけたわね。何が『皇妃として認められた』よ、そんなことあるわけないじゃない。主人を試すだなんて悪い侍女だわ」

「姫様は隠し事が多いので、こうでもしないと傍仕えは務まりませんから。御身を守るためには必要なことです。それで、公爵様にお会いになっても大丈夫なのですか？」

「どういう意味かしら。お会いしたことがないのだから、私にだってどうなるかわからないわ」

「姫様、このままお飾りの妻としてお過ごしになりたいのでしたら、大人しくしていた方が賢明です。霊廟からお戻りになってから、ずっと不安定ですよね。そうそう、霊廟といえば、その日、雷が落ちて禁足地の山並みが随分と変わってしまったとか」

「ええ。襲撃があって、陛下のご加護で助かったと説明したはずだけれど」

「ご加護……ですか。私、そういう現象を頻繁に見た記憶があるんですけどね？」

「あら、自国で頻繁に起こることなんだから、この国で起こっても不思議はないでしょう。自然現象なんてそんなものよ」

「陛下の周りでご加護が起こるようになったのは――三年ほど前かららしいですね」

おそらくツゥイにはばれている。白を切り通すつもりだったが、やはり彼女は誤魔化されてはくれなかったようだ。だとしても、テネアリアも譲るわけにはいかない。

「ほら、時間、時間に遅れるわ。失礼があってはならないのだから、早く支度しましょう」

できれば会いたくなかった人だけれど致し方ない。正面から彼を探る機会などこれまでなかったのだから。

決してツゥイの追及を逃れるためではない……と、前向きに捉えることにした。

「はじめまして、妃殿下」

頭を下げた男はそのまま横に置いていた箱をとって差し出した。

初めての謁見で子どもっぽいと侮られるわけにもいかない。テネアリアは表情を引き締め、背筋を伸ばして対面しながら差し出された木箱を見つめた。ビロードで包まれた美しい箱だ。

「ご挨拶が遅くなりましたこと、お詫び申し上げます。どうにも甥には嫌われておりまして、なかなか謁見許可がいただけず、このように時間が過ぎてしまいました」

政敵がのこのこやってくるのを見過ごすサイネイトではない。むしろ今回許可が下りたのは、テネアリアが疑われているせいだろう。ここで何かつながりでも出れば、二人そろって処分する腹積もりなのだ。

そんな危険を冒してまでやってきたプルトコワの思惑が、テネアリアには全く読めなかった。

「こちらこそわざわざ足をお運びいただき光栄ですわ。公爵は大変お忙しいと聞き及んでおりますもの、お気になさらず」

「お気遣い、痛み入ります」

落ち着いた上品な声は、どこかほっとしたように緩んだ。

それが実際は演技なのだから、目の前の男は食えないとテネアリアは思う。きっと長年そうやって生きてきて、身に馴染みすぎて無意識に行っているのだろう。だからこそサイネイトなどは尻尾を摑めないとやきもきしているのだが。

彼の深淵を知っているテネアリアでさえ疑いたくなるのだから、やはりこの男は要注意人物である。

年はユディングより十以上も上だ。だがどう見てもユディングと同じ年かうっかりすると年下に見える。初めて彼の年齢を知った時は随分と驚いたものだ。

若作りというには驚異的。へんな呪術にかかっていると言われたら信じてしまうだろう。

焦げ茶色の髪はこの国には珍しくもない色だが、その翡翠の瞳はどこまでも美しい。美貌の虜囚とかつて呼ばれた男は、妖しく微笑んだ。

「こうして直にお目にかかれて光栄です。ユディングの、陛下の最愛のお姫様だそうで、婚姻式では抱き上げたまま片時も離そうとしなかったらしいではないですか」

「嫌ですわ。最愛だなんて初めて聞きました」

「城ではその話題で持ち切りだと伺っております。もちろんこれほどお可愛らしい妃ならば、陛下でなくとも夢中になるでしょう」

「そんな！　私が陛下の元に参ることはあれど、その逆はありえません！　……ってすみません。私ったらついむきになってしまって」

「はは。本当に可愛らしいお方だ」

世辞すら目の前の男が告げれば、うっかり信じてしまいそうになる。

眼差しは温かくどこまでも穏やかで、まるで子どもを見守る父親のような顔を向けられている。けれど、彼の内に激しい炎が渦巻いていることをテネアリアは知っている。

この男は、帝国の中で最も気をつけなければならない相手だ。

情けない姿を見せないように挨拶をしたつもりだが、プルトコワにはそんな意図まで悟られているだろう。

テネアリアにはどうしたって経験値が不足している。ほとんど引きこもり生活だったのだ。他人と会話すること自体が圧倒的に少ない。知識はあれど、実際に対応するのとでは経験の差が物を言う。

「はしたない物言い、失礼いたしました。どうぞご容赦を」

「どうか気楽に接してください。王族といっても端くれですので。すでにお聞き及びとは思いますが、かつては虜囚でしたから」

「私も病弱で、自国ではほとんど部屋から出ない生活を送っておりましたの。もし粗相がありましたら仰ってくださいな」

「今は、体調はよろしいのですか」

「ええ。陛下にもよくしてもらっておりますから」

「あの戦争ばかりしていた甥っ子が、随分と人間らしくなったものだと感心しております。妃殿下のお人柄の為せる技ですね」

「あら、私は何もしておりませんが」

「それほど魅力的だということでしょう」

　テネアリアは笑みを浮かべてお礼を言った。可愛いとか魅力的とかユディング本人に言われればこんな殺伐とした気持ちにはならないだろう。

　腹に一物抱えた男に褒められたところで、ちっとも嬉しくないし、むしろ警戒が増すだけだ。

「ところで、本日は妃殿下にご挨拶させていただくとともに、少しでもお力添えができないかお伝えするために参りました」

　ようやく本題に入るらしい。

　テネアリアは無邪気さを装って首を傾げる。

「どういうことでしょうか」

「ご存知かと思われますが、私は『信奉者』なのです」

「‼」

取り繕った笑顔を向けてくるプルトコワの一言に、空気が凍る。テネアリアは酷薄ともいえる微笑を口の端に浮かべた。

「ツゥイ？」

テネアリアに仕える筆頭一族である侍女を振り返れば、彼女は焦ったように首を横に振った。

「私は妃殿下付きですので……」

「つまり、貴女は母様の――」

テネアリア付きのツゥイが知らない『信奉者』ならば母の、ということだ。

テネアリアはプルトコワを睨みつけながら勢いよく立ち上がる。

彼は陶酔したように微笑んだ。

ユディングの政敵が、母の息のかかった手の者だった――⁉

「ご存知なかったのですね、ああ、それで接触もなかったのか。しかし懐かしい……その美しい虹色の瞳の輝きはまさしく私を救ってくれたかの方と同じだ」

「ひ、姫様っ、深呼吸を！　ここでは、御身にも危険ですっ」

ツゥイははっとして駆け寄り必死に窘めてくる。きっとテネアリアの瞳は虹色に輝いているのだろう。だからと言って、怒りを抑えるのは難しい。

部屋の中につむじ風が渦巻いて、壁に小さな傷がつく。これ以上同調すれば、この部屋など簡単に崩れてしまうだろう。

「あの人が今更、私に一体なんの干渉があるというの？」

親として果たした義務などたった一度忠告しただけだ。以降は全く関心など見せなかったではないか。それが今になって、なんだというのだ。

「かの方のお考えまではわかりませんが、連絡がありました。城の噂話とは異なり、実際には妃殿下は陛下とうまく行っていない、と。ですから、『試練』をお望みです」

「失敗した者の戯言だわ」

「だからこそ、教えられることもあるのでしょう。『慣習』を無視するのはやはりよろしくない。そのための力添えをお望みですので、いつでも命じてください。私は妃殿下の味方ですよ」

白々しいと思わなくもない。

何をしに来たのかと訝しんだが、ようやくつながった。

結局、『信奉者』たるプルトコワの行動原理は、母だ。

けれど、母との利害が一致したなら、助けてくれるということでもある。

「そうね、ならばユディング様のために動いてほしいことがあるの。この国の高位貴族たちを集めて夜会を開いて。そこに陛下を招待しなさい」

淑やかなふりをすっかり取り払って、テネアリアは要求する。

ユディングは夜会など開かない。せいぜい戦争から無事に戻った祝勝会をする程度だ。貴族たちは常に従軍するわけではないので、社交の機会が得られないことに不満を募らせている。

対して、高位貴族を屋敷に招いて積極的に親交を行っているのがプルトコワだ。貴族たちの連携を促し、高い支持を得ている。地方領主や他国の官吏に至るまで、様々な貴族がこぞって参加したがるほどだ。そこにユディングが顔を出し平和に過ごせば、血なまぐさい首狩り皇帝の名も多少は薄れるだろう。

「もちろん構いませんよ、実は先日、私の屋敷で開く夜会の招待状を出したばかりなのです。けれど返事はまだいただいていません。陛下は私を敵だと認識されているようですので」

「今回は絶対に参加されるわ」

サイネイトはテネアリアを疑っている。ならばこの機に乗じて、テネアリアが真の敵ではないことを示し、本当の敵をあぶり出してやる。

「ふむ、そこで『試練』を与えると？」

「いいえ。ユディング様に少しでも危害を加えたら、『報復』するわよ」

「おや、『試練』を与えることはある意味、陛下のため——ゆくゆくは妃殿下のためになると思いますが。まあ本日は心に留め置かれるだけで構いません。長居は妃殿下のお体に障りますね。夜会は皇都の外れにある屋敷で開催いたしますので、妃殿下も陛下とぜひ遊びにいらしてください」

穏やかな笑みを浮かべながら、プルトコワは綺麗にお辞儀をして見せたのだった。

「今日、叔父上がやってきたと聞いたが」

いつもの夕食の時間に執務室に押し掛ければ、待ち構えていたユディングが開口一番問いかけてきた。

「ええ、そうですわね。ぜひ屋敷に遊びにきてほしいと誘われましたわ」

「それはそれは……で、妃殿下は何とお答えになったのですか」

ユディングの横にいたサイネイトが渋面を隠しもせずに問いかけてくる。

あからさまだった。サイネイトからすれば、テネアリアがプルトコワと結託していると考えていてもおかしくない。

生憎と詳細を説明すれば秘密も話さなければならなくなる。この場でユディングの敵ではないと証明することもできないので、余計な反論はぐっと飲み込んだ。

「陛下と相談させてくださいとお伝えいたしましたが、よろしかったですか？」

「そうですね、及第点ではありますが……」

「テネアリア。今度、叔父の屋敷でワインの試飲会を兼ねた夜会が開かれる。一緒に行ってくれるか」

ユディングがいつもの平坦な声で告げる。

この流れで誘うのか――。

彼の紅玉の瞳を見つめてみても、無機質で感情は読み取れない。

疑わないでと願ったのは自分だ。その時は返事をもらえなかったが、後日彼が疑わないと答えたことを知っている。

口数の少ない彼の告げる言葉は真実だ。いつだって、本当のことしか言わない。

だから、テネアリアはもう迷うことを止めた。望みも求めるものもないユディングの幸福を追求するためだけに、全力で頑張るのだ。

そのために彼を取り巻く環境の改善を図らなければならない。

テネアリアの願った通り、プルトコワが主催する夜会に参加する方向で事態は動いた。

きっと大勢の貴族が集まるに違いない。そこでユディングの印象が変われば、彼の周囲も穏やかになるだろう。

「かしこまりました」

結婚の挨拶に行く時と同様に、テネアリアは頷いた。

あの時とは意識が百八十度違う。どちらかといえば闘志に燃えている。

「具合は……大丈夫なのか」

怒ったような声音だが、内容はテネアリアを気遣うもの。

サイネイトが呆れたようにユディングを見つめていることから、予想通り心配してくれているのだとわかった。

つい絆されて、気の抜けた笑みを向けてしまう。

「大丈夫ですわ。何か必要なものはありますか？」

だがその空気を断ち切るようにサイネイトが割って入る。

「準備はこちらでいたします。ところで妃殿下はお酒を飲まれたことはございますか」

「お酒……？」

首を傾げれば、サイネイトが説明を続ける。

「公爵様の領地で作られている新作ワインの発表の場なのですよ。ですから、多少なりともワインの試飲を勧められるかと」

テネアリアは納得した後、首を横に振った。

「ほとんど飲んだことはありません」

「そうですか。では飲まなくていいように手配しましょう。まあ妃殿下に無理やり勧める方もいらっしゃらないでしょう。それにコイツがいれば、全部飲んでしまう」

「陛下はお酒が強いのですね」

「ブドウ酒はジュースだとでも思ってるんです。樽で飲んでも全く潰れません」

ユディングに聞いたつもりだったが、面白くもなさそうにサイネイトがそう付け足したのだった。

足を一歩踏み出せば、そこは礼装姿の人たちでひしめき合っていた。

高い天井に一際輝くシャンデリア。さざめき談笑し合う人たちの熱気で、もはや眩暈を起こしそうだ。

「大丈夫か?」

舞踏会場に入るなり言葉を失ったテネアリアに、不機嫌そうに声がかけられた。

いつも通りの重低音に安心してほっと息をつく。

先日の面会から一か月後の今日、テネアリアはユディングと二人、プルトコワ・デル・ツインバイツの公爵邸に来ていた。ワインの試飲会を兼ねた舞踏会だ。婦人たちは皆、夜会用の華やかなドレスを身に纏っている。男性たちも華美な衣装が多い。

もちろん、テネアリアとユディングもサイネイトが用意した舞踏会に相応しい服装である。ユディングは黒の上下のスーツで、いつにも増して厳つい。しかし長身のためか不思議とバランスが取れている。格好よすぎて興奮を抑えることが難しい。

対してテネアリアは薄紅色のレースがふんだんに使われた可憐なドレスを纏っていた。少しでも大人の女性に見られようとアップにした髪には、真珠をあしらった髪飾りが輝く。ツゥイに支度をしてもらったが、彼女すらこんな豪奢な衣装に触るのはためらうと半泣きになっていた。島国では考えられないほどの贅沢な衣装だ。

それだけでも十分に気後れしているのに、大勢の人の波にテネアリアはひどく圧倒されていた。

「こんなにたくさんの人の前に出るのは初めてで……」

皇帝夫妻の出席ともなれば、注目を集めざるを得ない。入場の挨拶は、メインがワインの試飲会ということで丁重に辞退させてもらった。引きこもりだったテネアリアにとって、初の社交場はとんでもない重責だ。

「叔父上のワインはとくに人気で、好事家が多い。新作の試飲会はどの貴族も楽しみにしているから、かなりの人が集まる。無茶はするな。叔父上に挨拶すればすぐに帰れる」

「お気遣いありがとうございます。でも平気ですわ」

ユディングにエスコートされている腕をぎゅっと摑んでにこりと微笑めば、彼は小さく頷いてくれる。

それだけで気持ちが浮き立って、心が軽くなる。

気遣ってくれる彼の優しさに。

一緒に並んで歩いてくれる信頼に。

テネアリアの口角も自然に上がる。

「とても楽しみです」

「酒は飲み慣れていないと辛い。無理して飲むな。綺麗な格好を崩したくはないだろう」

ドレスアップしてからここに到着するまで何も言わなかったユディングが、初めて綺麗だと褒めてくれた。

あまりにさりげなさすぎて、テネアリアは心の準備が全くできていなかった。

ばんっと壁を叩きつけるかのような突風が吹き荒れて、小さな悲鳴があがる。

「季節外れの強風か？」

「そうみたいですね、ああ、ユディング様、あちらにあるのがワインですか⁉」

テネアリアは慌ててユディングの腕を引いて、樽がずらりと並べられている方に近づいた。

隣の長テーブルにはワインの注がれたグラスが綺麗に並んでいて、次々と来場者が手に取っていく。

「ようこそ、皇帝陛下、妃殿下」

その様子を眺めているとすぐにプルトコワが近づいてきた。

今日の主役である彼は、主催者らしい品のある格好をしている。こうして見ると、随分と華やかな顔立ちの男だと改めて思う。

「素敵な会ですわね、招いていただきありがとうございます」

「こちらこそ、妃殿下に堅物の甥をつれてきていただいてとても感謝しています。なんせ随分と会ってくれなかったからね」

「理由がない」

「理由がなくても血縁なのだから、顔を見て話したいものなんだよ。戦争から帰ってきても顔も見せない。こちらから会いに行っても忙しいと突っぱねられる。もう何年、顔を合わせてなかったと思ってるんだい」

ユディングは渋面のままむっつりと黙り込んだ。

きっと年数を考えているのだろう。ここにサイネイトがいればすかさず助言してくれただろうが、彼は城に留まって仕事を片付けている。

だが答えないユディングに気分を害した様子もなく、にこやかにプルトコワは微笑んだ。

「あちらに席を用意してある。そこでもう少し話をしようじゃないか」

二階に上がれば、バルコニーのように張り出した一角にテーブルがセッティングされていた。そこからホール全体を見渡せるようになっている。

「客を放っておいていいのか」

「少しの間だけだ。ほら、今年はいい出来だったんだ。お前も飲め」

給仕係がグラスと軽食を載せた皿をテーブルに置けば、プルトコワはグラスを掲げた。

ユディングは何も答えずに、グラスを摑む。

「妃殿下はどうされますか？」

「私はお酒が飲めませんので、申し訳ありませんがご遠慮させていただきますわ」

「では、シードルで。こちらはジュースですから」

プルトコワが合図をすれば、傍に控えていた給仕係が優雅な仕草で別のグラスを運んできた。気遣いが行き届いている。

この屋敷は、城とは別の優雅さがある。

ユディングが治めている城は、どちらかといえば軍人色が強い。きびきびとしていて、無機質だ。対して公爵邸では貴族らしい華やかさが見られた。

「お前は昔から無骨だから。本当に兄さんに似たんだな。愛想がなくて妃殿下も大変でしょう」

「とんでもありません。優しくしていただいていますわ。先ほども綺麗だと褒めていただいたところです」

「――げほっ」

ワイングラスを鷲掴みでがぶ飲みしていたユディングが盛大にむせた。

「なっ……」

「珍しい。お前がそんなに取り乱すなんて。本当に仲がいいんだね」

「……っ！」

「ええ。愛しくて格好いい旦那様ですから」

テネアリアはユディングの腕にしがみつくと、これみよがしににこりと微笑んだ。

夫がびしりと固まったが、今はそれどころではない。

ここでのアピールが後の行動を決めるのだ。

テネアリアは少しも嘘は言っていないので、ユディングに照れるなり恥ずかしがるなりしてもらってもちっとも構わない。むしろ役得と言いたいくらいに満足だ。

「羨ましいことだね、こんなに素直で可愛らしい奥さんをもらって」

「私、彼の元に嫁げて最高に幸せなんです。本当にありがたいことですわ」

「それが真実であればもっといいのに……」

「あら、こんなに仲良しなのに。疑う余地がどこにあります？」

「もう黙れ」

怒りに震えたような重低音でユディングが遮る。

「まあ、ユディング様ったら照れていらっしゃる」

「え、今のは照れていたのか」

信じがたい様子のプルトコワは目を見張っている。凶悪面で凄まれたら、普通は怒りを買ったと思ってもおかしくない。これがサイネイトなら一緒に面白がってからかってくれるのだが、やはりほとんど交流のない叔父ではこんなものなのかもしれない。

テネアリアは大きく頷いた。

「はい、とても。ユディング様、もうおしゃべりはいたしませんから、こちらをどうぞ。お酒ばかりでは体に悪いですもの。はい、あーん」

いつものように顔の近くにバゲットを差し出せば、彼は渋面のまま口を開けて咀嚼した。

慣れというのは恐ろしいものだ。

あんなに嫌そうにしていたのに、反射的に口を開けてしまうのだから。

「おいしいですか」

「……ああ」

「では、こちらもどうぞ」

炙った肉をフォークで刺して、口元に差し出せばこちらも素直に口に入れる。

テネアリアの心臓は先ほどからきゅんきゅんしている。

なんて可愛い夫だろう。

傍からはいちゃついているようにしか見えないのに、彼にとってはいつも通りの一幕だからこそ、恥ずかしくもないのだろう。

これまで餌付けしてきた自分によくやったと言いたい。

「なるほど……これは手ごわいね」

プルトコワは張り付けたような笑みを浮かべて、抑揚のない声で告げた。

しまった、ユディングに集中しすぎて一瞬彼の存在を忘れていた。

だが、これで『試練』は必要ないとわかってもらえただろうか。

「そうだ、せっかく来たのだから下で踊っていくといいよ。ああ、陛下はダンスが苦手だったかな。じゃあ妃殿下は私と――」

「行くぞ」

プルトコワの話を途中で遮って、ユディングはテネアリアを抱えて立ち上がった。そのまま一階へと下りる。

ユディングは皇帝として参加が必要な舞踏会に出席したとしても、専ら顔を出すだけだったとサイネイトからは聞いている。単にこれまでパートナーがいなかっただけということもあるだろうが。

今回は夫婦で出席となるため、こんなこともあろうかと補佐官は一か月の間、ユディングとテネアリアにダンスの訓練を課した。

その成果を見せる場所でもあるが、何せ一か月しか時間はなかった。性に合わないと逃げ回るユディングのせいで、実質練習できたのは僅か。

皇帝の無様な姿を見せて、貴族たちの笑いの種にするという作戦をプルトコワが考えているのなら大成功かもしれない。彼にそこまでの意図がないとは思いつつ、テネアリアはこっそりとユディングに耳打ちした。

「無理に踊らなくても構いませんよ」

「いや、大丈夫だ」

眉間に深い皺を刻みながら唸るように答えるユディングの威圧感は凄まじい。

皇帝の存在に気が付いた貴族たちがそれとなくダンスホールから離れていくのを見て、テネアリアは改めて皇帝相手に誰も声をかけてこないのだなと呆れる。

これまで追従してきた貴族たちを追い払ってきたのだから当然の帰結ではあるが、その実この夫がただ不愛想の唐変木でコミュニケーション能力が皆無なだけだとわかっているので、テネアリアとしては周囲に夫の可愛らしさが伝わらないのがもどかしい。

夫の内面をよく知っているサイネイトがもっとアピールすればいいのに、と筋違いな恨みを抱いてしまう。

閑散としたホールで、ユディングはテネアリアの手を取って優雅にお辞儀した。

「俺と踊ってくれるか、姫」

「はい、もちろん。喜んで！」

食い気味に答えてしまったが、それは仕方のないことだと誰に言うでもない言い訳をしてしまう。

見上げた先にはユディングの凛々(りり)しい顔がある。ご飯を一緒に食べる時も近くで見るけれど、ダンスを踊る時はまた格別だ。彼にエスコートされると、ここが敵陣(てきじん)真(ま)っ只中(ただなか)ということもすっかり忘れそうになる。

彼の紅玉の瞳に映っているのは自分だけ。もちろん、テネアリアの瞳も同様に、愛しい夫だけを見つめている。

心地(ここち)よい音楽に身をゆだね、ぴたりとくっついて彼のリードでくるくる踊る。手足を動かして軽(かろ)やかにステップを踏(ふ)めば、ふわりとユディングが抱き上げてくれた。

数少ない練習でも彼は度々(たびたび)、テネアリアをこうして抱き上げた。

軽すぎるんだと愚痴(ぐち)をこぼしながら、渋面を作って。

その度に、本当に羽が生えたかのように体が軽くなるのだから不思議だ。

心は満たされて、果てしない幸福感を覚える。

やはり傍にいられるのは嬉しい。どこまでも愛しいと実感できる。

「何を笑っているんだ」

「幸せだな、と実感しておりました」

「そうか。楽しいか」

「もちろんです。ユディング様はいかがです？」

「わからないな。俺には……」

「もう。私が貴方の感情になるって言ったじゃないですか。私が幸せなら、ユディング様も幸せなんです。私が楽しいんだから、ユディング様も楽しいの。だってこうして手を重ねて一緒にいるんですよ。二人でダンスを踊っているんです。ほら、胸がポカポカするでしょう。なんだか笑い出したくなりません？」

「言われてみれば……？　お前を見ているといつもそんな気持ちになるな」

素直に肯定されてテネアリアは思わず足を縺れさせた。

ぼっと顔に熱が集まって、慌てて俯いてしまう。

「俯くな。顔が見えないだろ」

「いえ、今はちょっと見ないでいただきたいです」

「なぜだ。お前を眺めているのはわりと好きなんだが」

「なんでこんな時だけ素直に好きとか——っもう、どうなっても知りませんからね！」

一応、感情が暴れても舞踏会がめちゃくちゃにならないように手は打ってきた。

そのため会場の外では突風が吹き荒れていたが、テネアリアはもうどうにでもなれとやけっぱちの気持ちで顔を上げる。

「ユディング様、大好きです」

「うん、そればかりはわからないが。お前は趣味が悪いんだな」

　真顔で頷いている夫に、テネアリアは口を尖らせて抗議する。

　本人に伝わらないのが、心底もどかしい。

「物凄く趣味がいいのです！」

　くるりとターンして、彼の腕の中に収まる。テネアリアが好きに踊ってもユディングは手足が長いので受け止めてくれる。

　こういうのを包容力というのだろう。

　夫は最高にいい男だ。

　だから、テネアリアは至極幸せなのに。

　恋敵が現れるのは嫌だが、だからといって彼のよさが誰にも理解されないのは悲しい。

　何かよい作戦がないものかとテネアリアは頭を悩ませた。

「お疲れ様、あちこちで感嘆のため息がこぼれていたよ。二人の仲がよくて参加者たちも一安心だろう」

　踊り終えて戻ってくれれば、プルトコワがにこやかに出迎えてくれた。軽く拍手しているのに、どうも目が笑っていない。

　母の命令が遂行できないことに対する不満だろう。

プルトコワの事情を知っているテネアリアは察することができるが、そういう姿がユディングに警戒される理由だと彼は気付いているのだろうか。

テネアリアはドレスの裾を持ち上げて、お礼を言い会釈した。

「ありがとうございます、とても楽しかったですわ」

「陛下は険しい顔をしていたけれど。妃殿下が穏やかに笑っていたから微笑ましく映ったんだろうね。怒り出すなら止めようと思って様子を見ていたんだが、杞憂で済んでよかったよ」

「ふふ、ですから陛下は照れているだけなのですよ」

「そう感じているのは妃殿下だけだろうねぇ」

肩を竦めて、プルトコワはユディングに視線を向ける。彼は仏頂面のままだが、テネアリアの腰に回した腕を離そうとはしなかった。

温かな腕が力強い。

「随分と大事にしているのはわかったが」

「はい。大事にされています」

「大事？」

頷いたテネアリアの横で、当の本人が首を傾げているのだからおかしい。

「そうやって、本人に自覚がないところが——問題なんだ。さあ、踊ったら喉が渇いただ

ろう。飲み物でもどうだい」

プルトコワはテネアリアにだけ聞こえるように囁いたかと思うと、話題を変えるようにワイングラスが並んでいるテーブルを指し示す。が、その瞬間、悲鳴があがった。

何処からか駆け込んできた男が、ユディングの背後でナイフを振りかざしている。

ユディングは背中を向けていて、初動が遅れた。

テネアリアは咄嗟に夫の前に躍り出た。

「――っ！」

男の握ったナイフが脇腹に刺さっているのがわかる。

きっと自分が動かなくても、ユディングならあっさりと撃退できた。頭ではわかっていても、体が先に動いてしまったのだ。彼が傷つく姿なんて想像したくもない。

「何をやってるんだ！」

ユディングの怒号がホールにこだました。

テネアリアはぽすんと彼の腕の中に倒れ込んだが、そのままズルズルと崩れ落ちる。

痛みは熱をもってズクズクとテネアリアを苛む。

彼の紅玉の瞳の中に燃えるような怒りを見つけて、テネアリアは泣きたくなった。

「すみません、つい、体が動いて……お怪我は……？」

「俺は大丈夫だ、あんな暴漢などすぐに蹴り飛ばしてやったものを！」

実際、ユディングはテネアリアを抱き止めると同時に男に拳を叩き込んで一瞬で昏倒させてしまった。あっという間の出来事だった。

自分は彼の役に立たないのだな、と実感した。それどころか足手まといだ。

「ですから、思わず動いてしまった、んですって……っ」

「もういい、しゃべるな。すぐに医者を呼ぶ！」

ごめんなさい、と伝えたつもりだが、ユディングには聞こえただろうか。

鬼のような形相で吼える夫の頬に手を当てて、微笑む。

人を何人も殺したかのような凶悪な顔で檄を飛ばしているが、テネアリアにはそれが今にも泣き出しそうな迷子の子どものように見えた。

彼が無事で本当によかったと思いながら、テネアリアは意識を失ったのだった。

テネアリアが倒れてから一週間が経った。
傷はそれほど深いものではなかったが、ナイフには神経性の毒が塗られていたようで、いまだに意識が戻らない。
一時は高熱が続き、ようやく下がったのが一昨日のことだという。

小さな体で苦しげに息をしている姿を見たユディングは、言葉が出なかった。

傍にいると怒りで我を忘れそうな衝動に駆られるので、それ以来ユディングは執務室に入り浸っている。結局、仕事は手につかず、寝込んでいるテネアリアを思い浮かべては、腹の奥底で沸々としたどす黒い感情を持て余すだけなのだが。

「彼女はまだ目覚めないのか」

執務室で書類の整理をしていたサイネイトに尋ねれば、彼は痛ましげにユディングに視線を向けた。

「ああ、報告はないな。何かあれば彼女の侍女が知らせてくれるさ。手はすべて打っただろう。あとは時間が過ぎるのを待つだけだ。今はお前にできることをしろ」

「そうして待って……もう一週間だ」

テネアリアを刺した男が東の国から来たことはわかっている。裏のつながりを吐かせたが金で雇われただけの男だ。誰の意図で送り込まれたのかは絞り込めない。

叔父のユディングへの謀反も考えたがそれにしては杜撰だ。致死量に至らない微量な毒では、殺すことなどできない。傷をつけるのがせいぜいで、毒が抜けきるまで苦しむといったところだろう。嫌がらせの線が一番濃厚だ。

しかし、そんな嫌がらせに一体なんの意味があるのかユディングにはわからない。

テネアリアが身を挺してユディングをかばったので、サイネイトは彼女に対する疑惑を改めた。否、二割ほどはまだ疑っているが、おそらく彼女を疑わせることが目的だったのではないかと考え直したようだ。致死量に至らない毒が、その疑惑を深めている。

侍医を急かして彼女の治療に当たらせ、毒を特定したらすぐに解毒を試みた。

だがそうして手を尽くしても、テネアリアは目覚めない。

侍医の話では、テネアリアはもともと体力がないので治癒に時間がかかっているとの見解だった。

ユディングの腕にすっぽり収まってもなお余るほどの小さな体。ひょいと抱き上げても羽根枕を持っているかのように軽い。首も腰も腕も何もかも細くて。

だから何をやっているのかと怒ったのに。

自分であれば多少刺されても問題はない。毒の耐性もあるので、一日どころか数時間寝れば治る程度だ。

わざわざ彼女が身代わりになる必要などなかったというのに。

意識を失う前に、彼女が小さく謝っていた。

謝るくらいなら傷つくなと叱りたい。むしろあの時、ただ眺めていることしかできなかった自分自身を殴りつけたい。

なぜ彼女が自分の前に飛び出したのを止められなかったのか。

何より誰かにかばわれること自体が初めてのことで、混乱したともいえる。

そう、あの時、ユディングは本当に驚いたのだ。

他人が己を守るために身を投げ出すなど、想像したこともなかったのだから。

「やることは山積みだ。妃殿下が心配なのはわかるが、容体はもう落ち着いたんだし、仕事しろよ」

不思議なことにテネアリアが倒れたこの一週間で、まるで自然が怒ったかのように、あちこちで災害が起きている。叔父の屋敷は雷が落ちて半焼した。叔父の肩を持っていた取り巻きの貴族たちもある者は竜巻に巻かれ、ある者は領地の半分が水に浸かり、ある者は日照り続きで自領が立ち行かなくなり、穀物の買い占めに奔走しているという。幸いなことに死傷者は出ていないが、結果的にユディングの政敵が災害に見舞われた形になり、その対処に追われている状態だ。

おかげで皇宮にその負債が下りてきて、サイネイトの機嫌もすこぶる悪い。

「お前が心配したところで、事態は変わらないだろう。少しは妃殿下の侍女殿を見習え」

「むしろ彼女はどうしてあんなに落ち着いていられるんだ？」

「大丈夫だと確信しているからじゃないのか。呼び出してやるから、直接話を聞け。それで安心したら仕事に励めよ」

言うなりサイネイトはテネアリアの侍女を呼びつけた。合理的な彼らしい。仕事はとにかく時間節約をモットーにしているのだから。

だが侍女はすぐには現れなかった。色々な理由をつけては逃げ回っていると報告を受けたユディングは仕事がますます手につかなくなり、それに苛立ったサイネイトが、結局自ら足を運ぶ羽目になった。呼び出しをかけた次の日のことだった。

サイネイトに引きずられるようにして連行されてきた侍女は、すでに半泣きだった。皇宮の侍女服をきっちりと着込んでいるのに、顔は涙でぐしゃぐしゃだ。あまりの落差にユディングは眉を顰めた。

「おい、無理強いは――」

「ひっ、こ、この度はも、申し訳ござ……っ痛」

舌を噛んだらしい。

怯えて震える姿に、ユディングはなぜだか懐かしさを覚えた。

「妃殿下の態度ですっかり慣らされていたけれど、よく考えたらうちで働く者は皆こんな態度だったわ。呼びつけても来ないはずだよね」

サイネイトも呆れている。

普段は執務室に籠もっているので、城で働く者たちとの交流はほとんどない。食事だって仕事をしながら食べるし、たまに執務室の外へと行けば、怯えたように頭を下げられるだけで、ユディングと会話をする猛者などいないのが日常だった。

「妃殿下に会いたくなっただろ」

ユディングが考えるような顔つきをすれば、すぐに幼馴染みはからかってくる。気心の知れた相手というのは全く厄介なものだと知る。

「ひいいい、何卒命ばかりはっ、首を刎ねるのもご容赦いただきたく……っ」

滲み出たユディングの不機嫌オーラに、ツゥイが真っ青な顔をしてのけ反った。

サイネイトはやれやれと肩を竦める。

「ですから先ほどから説明している通り、侍女殿がやたらと落ち着いているから、ついでにこいつも落ち着かせてほしいと思いまして呼んだんです。妃殿下が目覚めないのが心配なあまり、陛下は全く仕事が手につかないんですよ」

「そんなこと信じられないと言いましたっ。すでにめちゃくちゃ不機嫌じゃないですか、魔王が降臨しているじゃないですか、今にも首を狩りに行きそうじゃないですか!!」

「おお、不敬のオンパレード。侍女殿って前からそんな感じでした？　本当に妃殿下はありがたかったなあ。得難い存在だと実感するね」

「姫様は好き勝手してるだけで大丈夫なんです！　肉の衣が傷ついている間は戻ってきませんよ。あの方は痛いのがお嫌いですから、体はその間眠らせています。今頃趣味に走って遊んでるかもしれませんが、一晩以上は離れないようにお願いしてありますし問題ありません。とにかく、起こすつもりはありませんからね!?」

肉の衣？　趣味？

どういうことだとユディングが問い詰めようとすると、騎士が駆け込んできた。危急の報せだと言う。

事情を聞けば、隣国カンデアシの兵士が国境を越えたということだった。

「このタイミングで隣国か？」

「東の国ばかりに目をやりすぎたね」

サイネイトが肩を竦めてユディングを見つめてくる。

「もちろん、出るだろう？」

「当たり前だ。久しぶりの戦場だ」

血が騒ぐ。

テネアリアのことは気がかりだが、侍女が大丈夫だと言うのなら信じるしかない。

サイネイトの言葉通りに、自分にできることをするまでだ。

怯える侍女からはそれ以上の話を聞くこともできなかったので、ひとまず、テネアリアの傍に戻した。

そうして数日かけて戦の準備をしていた最中、昏睡状態だったはずのテネアリアが、忽然と城から姿を消したというさらなる報告が入ったのだった。

「いなくなったとはどういうことだ。目覚めたとの報告も聞いていないが」

執務室に戻るなりサイネイトから告げられた言葉に、ユディングは低い声で問うた。

「侍女殿の話でも目覚められた様子はないとのことだった。なのに今朝から姿が見当たらないらしい。寝間着から着替えた形跡もないとのことで、今城の衛兵たちとともに探してもらっているところだ。ただ、気がかりなのは……セネットも一緒に姿を消している」

「どういうことだ？」

「昨日の護衛は彼だったんだが、妃殿下と同じく姿が見えない。誘拐か共謀か、はたまた駆け落ちか……」

「駆け落ち⁉」

サイネイトの一言に、思わず立ち上がってしまう。その拍子にバキリと硬い物が砕ける音が響いた。

「お前ね、執務机だって安くはないんだから、何度も壊さないでくれないか」

「適当に予算組んで捻出しろ。それより話の続きだ」

「……とにかく、侍女殿がなぜか誘拐の線を頑なに否定しているんだが、セネットとの共謀も考えられないという。まぁ自国の姫が帝国を貶めるようなことを企んでいるとは明かさないだろうから、その線も一応洗ってはいるが。現時点で一番ありそうな話が妃殿下とセネットとの駆け落ちというわけだ。はあ、お前を焦らせるつもりで冗談で側に置いた

そんな憐れな彼女が今まさに怯えていると想像するだけで、いたたまれなくなる。

「お前が随分感情的になって、相手を思いやっていることに感動を覚えたわ。やっぱり妃殿下に嫁いでもらってよかったな」

「今、そんなことを言ってる場合じゃない。とにかく、俺は動くぞ」

「だから、必死になって余計な付加価値をつけるなって言ってるだろうが」

二人で言い合っていると隣国からの書状が届いたと連絡を受けた。

開いてみれば、テネアリアの身柄を預かっているとのこと。速やかに帝位をプルトコワに譲渡されたしと結ばれていた。叶えられない場合は、待機させている兵が侵略を始めるとのことだ。

なぜテネアリアを人質として選んだのかはわからないが、かなり強気な態度である。

「やっぱり隣国の仕業だ、誘拐されてるじゃないか。今すぐ叔父上を呼んでくれ！」

ユディングが憤って怒鳴れば、サイネイトは尚も不思議そうに首を傾げる。

「本当に妃殿下を連れ去ったか……。一体どんな付加価値情報が流れたんだ？」

第五章　駆け落ちは試練の始まり

テネアリアは自分の体が運ばれていくのを俯瞰していた。文字通り意識だけが宙にあり、見下ろすことができる。

意識を飛ばせば、ツゥイがテネアリアの自室で途方に暮れたように放心している姿が見えた。先ほどまではユディングに呼び出されて喚いていたので、随分と落ち着いたようだ。

テネアリアが皇城から連れ出されたのは夜中だ。もちろん、テネアリアはツゥイに薬を盛られているので寝たまま運ばれた。テネアリアを攫った人物は荷物をくるむように彼女を布で包み、大きな木箱に入れて台車に乗せ、業者の振りをして城の裏門から出た。名目は皇帝が愛用している剣の修繕だ。人一人の大きさを剣と同列にするなと言いたいが、それで門番も納得してしまうのだから不思議だ。

いつからユディングは怪力の大刀持ちになったのか。恐れられすぎるというのも考えものだなと若干遠い目をしてしまったのは内緒だ。

今は日も昇って、眠り薬の効果もすっかり抜けた。城ではテネアリアの消息不明が発覚し、衛兵総出で捜索されている。

腹立たしいのは、最初にツゥイはテネアリアが勝手に起き上がって動き回っていると考えていたことだ。おかげでユディングにも駆け落ちを疑われることになってしまった。

　眠り薬を投与したのはツゥイのくせに、そこは棚上げしているらしい。テネアリアにどんな逃亡理由があると言うのか。ユディングに呼び出されて気が動転していたにしても、呆れる。ある程度戦闘慣れしているくせに主人を攫われた自身の迂闊さを嘆くべきだ。監視兼護衛でもある彼女の失態なのに、責任転嫁も甚だしい。戻ってきたら説教だと息巻いていた彼女に、そっくりそのまま言い返してやりたい。

　だが声を届けるには己の体が離れた場所にあるので、それも難しい。一度声を出してしまえば己の意思を届けることは可能だが、今木箱の中に戻ったところで痛みに呻きながら起き上がる気力がない。

　過去にも一度、この状態でユディングに声を届けたことはあったが、彼は深く追及しないと確信している。

　ちなみに、この状態で声を聴かせるという行為はとても苦労する。

　なぜなら自分の発した声に風の元素を集めて、それらを練り合わせ、音にするからだ。わりと高い音は出しやすいが、抑揚をつけて意味のある言葉にするというのが難しい。根気のいる作業なのだ。

　それでもあの時はユディングのために、純粋に心を伝えたかったから頑張った。愛とは偉大だ。

とてもツゥイ相手にやる気にはならない。

考えあぐねている間に、ツゥイはテネアリアが攫われた事実を置き手紙を読んで知ったようだ。すっかり落ち着いて事態を静観している。

なのでツゥイのことは放っておいて大丈夫(だいじょうぶ)だ。今はテネアリア自身のことである。まさか、攫われるとは想像もしていなかったので、無防備であったのは間違(まちが)いがない。

意識はユディングの叔父(おじ)や取り巻きの高位貴族たちの動向に向いていたため、よもや隣国(りんごく)がでしゃばってくるとは思いも寄らなかったのだ。

けれど、よくよく思い起こせばプルトコワは隣国の姫(ひめ)を母に持つ。血筋でいえばつながりはある。とはいえ、隣国がいまだにプルトコワの帝位簒奪(ていいさんだつ)を目論(もくろ)んでいるとは節穴だった。最後の戦(いくさ)から十年も経(た)っていて、表面上は穏(おだ)やかな関係を築いていたのも大きい。そのため全く動向を探(さぐ)っていなかったのだ。

なによりしてやられたのは、テネアリアの体を台車に乗せて丁寧(ていねい)に運んでいる男の存在だ。

セネット・ガア。

この銀髪(ぎんぱつ)で薄い灰色の瞳(ひとみ)をもつ青年が、隣国の間者であったことだ。見た目は完全に北方の国によく見られる姿であるが、サイネイトですら東の出だと思っていた。そんな彼が、なぜ隣国に加担しているのか。

なんともグローバルな男である。ちなみにツゥイに事情を書いた置き手紙を残したのも彼だ。

「起きられますか、妃殿下。それともどこかで眺めているんですかね」

ようやく目的地に辿り着いたらしい。国境付近の山間の平地に張られた天幕内にある寝台にテネアリアの体を横たわらせながら一息ついた男は、眠っているテネアリアに話しかける。

その様子から彼は自分のことを知っているのだとわかった。

テネアリアの力を知る者はたいてい畏敬の念が籠もった視線を向けてくるが、彼は東の島国に迎えに来た時から僅かにもそんな様子がなかった。優秀な間者らしく、隠していたのかもしれない。表面上はどこまでも平静で、ユディングの傍に控えていた。

「おとぎ話を聞いた時は驚きましたが、妃殿下ほどの方ならば、私の心の内にあるものを見透かされていてもおかしくないでしょうね」

力無く笑ったセネットは、はあと息を吐いた。

他に目が向いていてセネットの思惑になど全く気付かなかった、とはなんとなく言いたくない。そもそもテネアリアに心を読むことなどできない。

力はあってもできることは限られている。

テネアリアには体から離れるのに制約がある。あんまり長い時間、精神体となって離れすぎると、元に戻って体を動かす時に支障が出るのだ。それはツゥイから十二分に説明を受けていた。仮死状態の体は世話人がいないととんでもないことになるらしい。

「私では『統べる者』の一族であるあの侍女ほど適切な管理はできませんから、戻ってきてもらわないと入れ物の管理ができないんですよ」

「入れ物……って、言わない、でちょうだい」

ぱちりと目を開けると、久しぶりに動かした口は張り付いたようにぎこちない。ツゥイが抜け出るのは短い時間にしろと怒ってくるのは、このためだ。

こほりと一つ咳をすると、水の入った錫の杯を差し出された。

「ですが実際、侍女殿は肉の衣と仰っていたような……？」

「ちょっと、違うわよ。服を着るのと同じ。貴方、服を器なんて言わないでしょう。そんなこと言われると、違和感を覚えるのよ。なんでも、いいわけじゃないの。わかる？」

「すみません、わかりません」

ゆっくりと起き上がって杯を受け取って、こくりと飲む。

刺された傷がまだ癒えていないので、不意の痛みに思わず顔を顰めた。

だが張り付くような喉の違和感はなくなる。

「傷が完治するまでは眠るつもりだったのに。痛いのは大嫌いなの。もちろん、この代償は高くつくわよ」

「ご慈悲をください。少しの間だけここにいてくだされば結構ですから。もちろん不便がないよう取り計らいますし、なんでも揃えさせますよ」

「だったら私を雷避けだなんて進言しないでちょうだいな」

この男は自分が仕える隣国の王族に、ユディングの雷はテネアリアには効かないと報告したのだ。おかげでテネアリアの身柄を盾に隣国は、兵を率いて意気揚々とツインバイツ帝国に進軍してきたのである。

プルトコワに帝位を譲るようにと条件まで付けくわえて。

「報告した内容は違いますよ。貴女に雷は落ちないと言っただけで、曲解したのは上長たちです。それもプルトコワ様が先にそう教えていて、私は頷いただけですからね」

「それも聞いていたけれど、もっとちゃんと否定する努力をしなさいよ。私が雷避けだなんて馬鹿にしているわ」

「ご存知であるならば、ご勘弁ください。ですが間もなくこの国の誤解は解けると思いますよ。この国が何を攫ったのか、思い知らせるおつもりなのでしょう？」

顔色を悪くしながら謝るセネットに、テネアリアは冷めた目を向けた。

セネットの言う通りテネアリアが雷避けなどではないことはすぐに思い知るだろう。相手の顔を見た瞬間に、もはや感情を抑えることなどできそうにないのだから。

正直今すぐすべてを焦土に変えてやろうかと思うほどには怒りがある。

けれどテネアリアが大人しくしている理由はただ一つ。愛する英雄様のためだ。

「これが、公爵が仕組んだ『試練』ということね？」

「かの方に依頼されて必死で伝手を辿ったと話されていましたよ」

「てっきり夜会の仕込みで終わりだと思っていたわ」

「それを妃殿下が台無しにされたので、困ったと愚痴をこぼしていらっしゃいました」

「何が台無しなの。あの男にはそれなりに報復をしたのだけれど、まだ足りないということかしら」

せっかく、ユディングに危害を加えれば報復すると忠告を与えておいたというのに、無駄になった。腹いせにいつもよりも盛大に雷を落としてやったのだけれど。

「……はは、十分だと思いますよ」

セネットは乾いた笑い声をあげるだけだ。

「しかし、おとぎ話は知っていましたが、これほど物騒な存在だとは知りませんでした」

「失礼ね。おとぎ話通りよ。どこからどう見ても高い塔に閉じ込められていた病弱でしおらしくて可憐な姫でしょう」

「は、あ？　どういう認識ですか」

「何か言いたいことでもあるのかしら」

「いえ……申し訳ありません」

「心のない謝罪も腹立たしいわ」

「どうしろと？」

「考えなさいな。公爵からは何も学ばなかったの？」

居丈高に言い放てば、セネットは困り顔のまま再度謝罪した。

ツゥイが『統べる者』であると知っていたくせに、セネットの知識は偏っている。

一体プルトコワは彼に何を説明したのだろう。

「碌に説明などありませんでした。おとぎ話の存在である妃殿下を攫って、国境付近に展開したカンデアシ国の天幕にお連れしろと命を受けただけです。私が間者であることをツインバイツの皇帝にばらすぞと脅されましたから、逆らうことはできませんでしたし。まあこうして妃殿下を攫っている時点で裏切り者と断罪されるんで、一緒ですけどね」

「あら、そうなの？」

「そうですよ、もう踏んだり蹴ったりですよね、本来なら私はプルトコワ様の味方ですよ。だというのにカンデアシ国が長年後押ししていた方が全く帝位に就く気がないとか、ありますか？　そのうえ二十年かけて帝国に馴染んだというのに、おとぎ話に出てくる架空の存在が実在して、告げ口されたせいで身バレしたとわかった時の絶望といったら……妃殿下の母君のせいで私の苦労が水の泡ですよ、返してくださいよ、二十年……」

恨みがましい目を向けられても、テネアリアの感情は揺れはしない。

「ご愁傷様と伝えれば、満足するの？」

「見事な高慢っぷりですね！」

セネットが盛大に嘆くが、テネアリアが慈悲をみせるのはユディングに対してだけである。

「おお、これがあやつの妃か」

不躾に天幕に入ってきたのは、随分恰幅のいい男だった。甲冑からはみ出さんばかりの肉が憐れだ。

だが何より男の吐く息が生臭すぎて、堪えられない。

テネアリアは顔を顰めて、横に控えるセネットに視線を送る。彼はテネアリアの抗議の視線に気付いていているにもかかわらず、表情を変えない。

ただ、従順に頭を下げるだけだ。

「なんとも、まだ子どもではないか。あやつは幼女趣味か」

「ヘンデカン将軍、わざわざご足労いただきありがとうございます」

「うむ。ただの少女にしか見えないが……あの話は本当なのか？」

不埒な将軍の失礼な暴言に遠慮する必要はない。

テネアリアは虹色に瞳を輝かせて、一言声を発した。

「去れ」

ごうっと突風が吹き、男が悲鳴をあげつつもんどり打って天幕から出ていく。

「私がああいうのは無理だって、言わなきゃわからない？」

テネアリアはセネットを睨み付ける。

「ですからすぐに誤解は解けると伝えたではありませんか。これでしばらくは近づいてきませんよ。それよりプルトコワ様より伝言です。『カンデアシ国と手を組んでいるのは前皇帝の弟です。貴女が連れ去られたとわかれば、さすがに貴女への間諜の疑いは晴れる。となれば陛下自ら助けに来るでしょう。つまり、私は貴女のために、盛大な仲直りの場を用意したというわけです』とのことですよ」

「余計なお世話だわ」

空気中に意識を漂わせながら、テネアリアは白々しいと鼻を鳴らした。実際には何の音も出ないけれど、ひどく憤慨していた。

その一方で、自分に寄り添う感情は、どちらかと言えば華やかな喜びに満ちたものだった。

『ムカエムカエ』

『ナカナオリ』

『ウレシイ』

『ワクワク』

音が弾けて、光になる。

狭い天幕の中で、色とりどりの光が躍る。

「了承、ということでよろしいのですよね？」

したり顔のセネットの言を聞いて、テネアリアはやはり面白くないとへそを曲げた。

それでも、ユディングが攫われたテネアリアを助けにきてくれるという場面を想像するだけで、ふわふわと気持ちが浮き立つのだから始末が悪い。それが彼らにも伝わって、華やかな光になっているのだろう。

感情の伝播を煩わしいと思うのはこんな時だ。偽ることが難しいのだから。

空を見れば、空気を感じれば、テネアリアの機嫌がいいのか悪いのかなんてすぐに測られてしまう。そう、霧の皇都が婚礼の日に晴れ渡ってしまったように。

とはいえ誰が好き好んで捕虜生活を送りたいなどと思うものか。

だからこそ自国の塔で過ごしていた時も、好き勝手に出歩いていた。もちろん、体を置いて。

けれど、ここで同じことができないのはわかっている。肉の衣を管理するツゥイが傍にいない。

そもそも意識のない体を管理することはとても難しい。基本的に寝たきりなので、定期的に体勢を変えなければならないし、意識のない相手に水分や栄養を適宜与えなければならないのだ。そのための技術を持った管理人が、ツゥイたちの一族『統べる者』だった。

セネットはプルトコワから事情は聞いていても大まかな知識しか持っていないので、体を預けられるわけもない。

普段口うるさいけれど、やはりツゥイがいなければ自分は動くに動けないのだとこういう時に悟る。

気を取り直してテネアリアはセネットに話しかけた。

「ユディング様はいつ頃お越しになるのかしら」

「今は奪還の作戦を立て、兵を集めておいでですよ。計画が整わないうちから動かれる方ではありませんから。それに、陛下のことなら妃殿下の方がお詳しいでしょう？」

セネットは冷静に返した。

どうせ抜け出して見に行っているのだろう、と当て擦られてますます苛立ちが募る。

「近くまで来てくれさえすれば、すぐにユディング様が通りやすいように敵兵など蹴散らして焼き野原にしてさしあげるのに」

「当初の話から随分とずれますよ。それでは助けに来たとは言えないのでは？」

「だって少しでも早く会いたいのよ、お傍にいたいわ」

せっかく帝国に嫁いでユディングの傍にいられると喜んだのに。なぜこれほど長く離れなければならないのか。

「意外とお可愛らしいところもあるのですね。もっと傲慢だと考えておりました」

「あら、それは当然じゃない？　なぜ愛しい英雄様と同列に扱われると思うのかしら。実際に私は尊くて偉いのだから、お前たちはよきに計らうべきなのよ」

テネアリアは自分の価値を知っている。

だからこその態度である。

特別なのはユディングだけなのだ。

「……ご冗談、というわけではないのですよね。本当に貴女方はおとぎ話の通り英雄に惚れ込むのですね。ちなみに、陛下のどの辺りを気に入っておられるのです？」

一瞬、胡乱な視線になったセネットが思い直したかのように尋ねてきた。

「それをお前に教えると思うの？」

テネアリアがユディングに強烈に惹かれた理由はわりと単純だ。一瞬で魅せられたと言ってもいい。

魂が震えて、その場にいたすべての同胞の思念を奪ってしまうほどには、染められてしまったのだ。

死にかけていた彼の衰えぬ紅玉の瞳の力強さに。生命の輝きに。魂の純粋さに。ただただ惚れ込んでしまったのだから。

「つまり？」

不機嫌そうな声音に、瞬時に室内がぴりついた空気に包まれる。

テネアリアが攫われてすでに一週間である。

皇帝の執務室には、皇帝であるユディングと補佐官のサイネイト、そして今回の作戦部隊長であるクライムが侍っている。

これまでのユディングは、渋面を作っていたとしてもそこに感情を乗せることはなかった。

不快そうに寄せられた眉が、彼を不機嫌に見せているだけ——それが、感情を伴えばこれほどまでに恐ろしくなるのかと、見慣れたサイネイトですら冷や汗が背中を伝うのを感じた。

「……は、ですから、しばしお時間を——」

同じ言葉を吐くのにどれほどの勇気がいるのか。

サイネイトはクライムに同情する。

セネットがいれば、間違いなく彼が隊長であったはずだ。だが、彼が不在のため、二番手のクライムが指名された。実力を示すいい機会だと考えられるほど前向きにはなれないようだ。

とくに寝た獣が目覚めてすぐの、不機嫌さを隠しもしない、今なら。

プルトコワを城に呼び出して説明をさせたユディングは、瞬く間に作戦を立てた。けれど、公爵から聞いた話がどこまで真実かは判断がつかない。結局城に留めることで様子を窺っているが、彼は大人しくしている。その余裕ぶった姿からも疑惑は深まるばかりだ。

最善を尽くしたいサイネイトに対して、ユディングはとにかく迅速さを求める。

結局、押し問答だ。

「もういい」

短く切って捨てた言葉は、部屋に重々しく響いた。

「陛下、落ち着いてください。妃殿下の居場所は把握できていますが、乗り込むにはかなりの兵が必要になり、準備が整うまで時間を要します。まさか単騎で乗り込むなんて無謀なことを考えておられるわけではありませんよね？」

一応他人の目があるため、サイネイトは慇懃な態度で、親友を窘めた。

紅玉の瞳は、どこまでも光を湛え、そしてぎらついている。

禍々しく血のように赤いとたとえられるユディングの瞳は、いつもならば湖面のように凪いで落ち着いた眼差しであるというのに。

ああ、よもや図星を指したのか。

嫌な予感を覚えて、サイネイトは改めて執務机を前に深く腰かけているユディングを見下ろした。

「冗談ですからね、本気で単騎で突入なさらないでくださいね？」

「時間がかかるのなら仕方がないだろう」

テネアリアが囲われている敵国の部隊は、三千人。

奪還に必要な兵を揃えるためには、まだしばらくの時間が必要だ。

そもそも敵の進軍してきた地域が問題だった。どう考えてもプルトコワが手を回したとしか思えない。先日、そこの領主を更迭したところだ。後に就いたのはまだ若輩者で、とても前任者の残した軍を動かせるほどの力はない。統率できないのは目に見えている。

けれど、ユディングは聞く耳をもたない。

「死にたいのですか！」

サイネイトはらしくなく声を荒らげてしまった。

楽しくない役どころなど御免だと思っていたけれど、今回ばかりはそんな呑気なことも言っていられない。

元来ユディングは冷静で、慎重に事を進めてきた男だ。

それが、これほど冷静さを欠いている。

たかだか一人の少女のためだけに。

思わずサイネイトの口から乾いた笑いがついて出た。

彼女を勧めたのは確かにサイネイトだ。塔に閉じ込められた憐れで病弱な姫がいると風の噂に聞いて。東の島国に伝わるおとぎ話のように、そんな彼女と恋をしてみれば、殺伐とした彼の人生にも少しは彩りが宿るかもしれないという遊び心だった。

それが、どうだ。

蓋を開けてみれば、随分な愚か者ができあがっているではないか。

ワケありではあるが島国の人畜無害そうな姫を選んだつもりだったのに。すっかり手懐けられて絆されている。

三千の敵国の兵士たちに単騎で突っ込んでいく馬鹿がどこにいるというのだ。それが一国の主のすることとか。

「ついてこられる兵だけでいい」

「だから、現状だと千にも満たない数しか……」

「いい、いくぞ」

「あー、もう勝手にしろっ」

髪の毛をかき混ぜて、サイネイトは言い放った。

と同時にまるでユディングを煽るかのように、窓に突風が吹きつけて轟々と音を立てた。

そのことにサイネイトは無性に腹が立った。

間章　一変する世界

深い森の中で、十二歳のテネアリアは夜の散歩を楽しんでいた。

世間一般ではまだまだ子どもと呼ばれる年齢なのに、夜に一人で出歩くことを咎められたことはない。次の日に体を休めれば許される。

自由に世界中を旅するのは習慣だ。今回は随分と遠いところまで来たけれど、精神体であるので苦はない。しかもあちこちの精霊たちに声をかけて遊びながらやってきたので、体感的には一刻も経っていなかった。

テネアリアの姿を捉えられるのは精霊だけ。

暗闇もそこかしこに息づく精霊たちのおかげで怖くはない。しかもここは普段滅多に人が来ない場所らしく、周囲の精霊たちも友好的だ。自然の多い場所には精霊も多い。もちろん、どこに行っても彼女が拒絶されることはないのだけれど。

人間の世界は窮屈だ。肉の衣を纏えば、狭い塔の中でしか動けない。そのうえ、人間は身勝手で、塔にいようが精神体になろうが一方的に願いを押し付けてくる。極力関わりたくないので姿の見えない精神体は楽だ。

それに、どこにでも行けるのだ。この解放感は比べようもない。精霊たちの歓迎ぶりも心地よく、共鳴しやすい体質でもあるので身を任せている。

テネアリアの世話をする侍女のツゥイは体を空けすぎるのは危険だという。成長途中の子どもが呼吸もせず仮死状態になってしまうのだから、夜の間しか遊べない。朝が来れば置いてきた衣に刺激を与えて呼び戻されるので、時間の許す限り全力で遊び倒すのがテネアリアの日常だった。

そうして、精霊たちに誘われるままに突き進んだ森の奥。

煌々とした満月の光がその深い森の奥まで届くことはなく、暗闇にも等しい。そこでテネアリアは、木の根元に背を預けたまま荒い呼吸を繰り返している男を見下ろしていた。

手負いの獣――そんな言葉がぴったりな男は、ぎらぎらとした紅玉の瞳を虚空に向けている。なぜだかその輝きをもっと近くで見てみたくなって、テネアリアはそっと近づいた。

不用意に近づいたのは、自分の姿を誰にも見られない自信があったからだ。

だから、男の視線がまっすぐにテネアリアを捉えたのを見て、少なからず驚いた。けれど恐れはない。ただ胸に満ちたのは煩わしさだ。

せっかくの楽しい時間を人間ごときに邪魔される疎ましさ。

『死にかけているからね……よくあることだわ』

テネアリアはぽつりと思考する。死にかけた者というのはほとんど精神体に近い。つまり、同胞──精霊に近い存在になっている。そうなると、テネアリアとも思念で会話できるし、彼女の姿も見られてしまう。こういったことは特段珍しいことではない。あちこちを放浪していれば人の死に際にも立ち会う。おとぎ話になるくらいだ。同族の母にとってもきっと日常茶飯事だろう。

人は──生き物は生まれては死んでいく。そういうものだ。

煩わしいのは、テネアリアにはどうにもできないというのに、縋られるからだ。

助けてくれ、死にたくない。

意識のある死にかけの者たちは、そう言ってテネアリアに手を伸ばす。

だが、目の前の男は違った。

テネアリアに向けて、何やら興味深そうな様子を見せたのだ。救いを求めるでもなく、ただ「テネアリア」を認識しただけ、というような。

それは彼女にとって初めてのことで、少しだけ心が動いた。

『生きたい？』

別に助けるつもりはないけれど、テネアリアはそう尋ねていた。

答え次第では、すぐに立ち去ろうと頭の片隅で思いながら。

『別に』

男は不思議そうに答えた。口を動かさず、心の中で考えただけだろうが、だからこそテネアリアには本心だとわかった。

『では、さっさと死ねばいいのではない？』

なんだか面白くなって、テネアリアは笑ってしまった。

男の傷は深い。肩と脇腹の二か所だ。男自身がそう思考していて、無意識にテネアリアに伝えてくるので見なくてもわかる。とくに肩の出血は多いようだ。今すぐに手当てすれば助かるかもしれないが、このまま放置すれば確実に死ぬ。

だというのに男は決して手にした剣を離さないのだ。それで生きたいとは思わないだなんて矛盾している。

『それもそうだが。相手の策略にはまったのが悔しいのかもな』

男が己を振り返って告げたため、テネアリアにも彼の状況が理解できた。

部隊長の一人が敵国の間者で、うまく誘い出されたのだと。大将を失って、今頃自軍は大慌てだろう、とそこまで男の思考は続く。

『ふうん、代わりに報復してあげましょうか』

敵を追い払うくらいなら、テネアリアが精霊に乞えば十分にできる気がした。

だからといって、やるかどうかは別だけれど。

『それは自分でどうにかする』

『今にも死にそうなのに？』

くすくすと再び思念を震わせて笑えば、男もつられて口の端を上げる。

『笑いたくもないのに笑えるのか……不思議だな』

『死にかけているからじゃないの、麻痺しているのよ』

『こんな傷、すぐに治してやる』

『生きたくないと言ったり、報復は自分でやると言ったり、支離滅裂で滑稽だわ』

『俺はちっぽけな人間だからな。取るに足らない人間が、役目を与えられた。与えられたからには全うしようと思う。ただ凡人だから、生きている間だけだ。簡単で単純な話だろ』

『ふうん、格好いいじゃない』

別に深い意味があったわけじゃない。

ただなんとなく、口をついて出ただけ。

どこか嘲りを含んでいたようにも思う。

『そうか。子どもに褒められたのは初めてだ』

だというのに、男は笑った。

どこか幸せそうに、紅玉の瞳を細めて穏やかに。

『――……っっ』

男の思考はそこで途切れた。気を失ったのだ。

けれど、男の最後の思念がテネアリアに襲い掛かった。

侵食されて、そうして自分の内側が変質するのがわかった。


──世界が一変した。


周囲の精霊たちがテネアリアの熱に振り回されて、暴れ回っている。

渦巻く強風も、雷鳴も、何もかもが森を、空を、大気を、世界を揺るがしている。

人間の笑った顔が綺麗だなんて、紅玉の瞳が美しいだなんて、テネアリアは今まで感じたことなどなかった。

まるで普通の子ども相手に、感心するように、嬉しそうに笑いかけられたことも。

塔の中にいても、精神体になっても。誰も彼もテネアリアを特別視する。

精神体の時などとくにひどい。死に瀕した人間は誰もが自分のことばかり。神秘的なテネアリアの精神体の姿に興味を持ち、あまつさえ助かりたい一心で必死で乞い願う。

誰もが崇めて、誰もが畏怖の念を抱く。

これまでは。

こんな一瞬にして、己が生まれ変わったような衝撃を受けたことなんてなかった。男は純粋に、ただひたすらに感心しただけだ。幸福そうに、笑っただけだ。

嘘ならすぐにわかる。心を読んでいるのだから。

けれど純粋だからこそ、澄んでいてとても美しく響いた。

そして、知った。

最初で、最後。唯一の人。

彼だけが、テネアリアの英雄だ。

自分をただの子どもにしてしまう特別な人。

思えば最初から、宝石のような輝きを放つ紅玉の瞳に魅せられていたのかもしれない。

だから近づいたのだ。

『姫様は、英雄がお嫌いですよね。けれど、英雄は絶対に必要な存在です』

塔の試練に挑む男たちを返り討ちにしたテネアリアに、侍女のツゥイはそう説く。

一度も理由を話したことはないけれど、父が母の前から姿を消したと知った時には、すでに英雄に愛想を尽かしていた。

母はずっと父に自分の正体を隠していた。そうして塔から連れ出され、祖父の許可を得て市井の父の傍で暮らした。テネアリアを得て幸福そうにしていたらしい。だというのに、母の正体を知った父は、愛したはずの妻を化け物と呼び、生まれたばかりの赤子をおいて逃げ出したのだ。

母は同族なのだから、父のことなどどこにいようとすぐに見つけられたはずなのに、そうはしなかった。ただ、静かに塔のてっぺんに戻ってきて、テネアリアにここで暮らすように伝えた。母との交流などその程度。後は部屋に閉じこもって出てくることはない。

だから、英雄に夢など見なかった。そんなもの必要だとすら思えなかった。

悲しい現実を——英雄が逃げ出すことを——知っていたから。

自分は母ほど愚かではないし、人などに煩わされたりはしないのだ。

英雄がいなくても、少しも困りはしない。

確信が、今ならば慢心だったとわかる。いや、傲慢だったのかもしれない。

出会ってしまった。

もう心が彼だと決めてしまった。変えることは絶対にできない。

この世にテネアリアを縛り付ける楔のような存在。感情を揺さぶられ、生きていることを実感する。あるのはただ、愛しさだけ。

だったらやることは一つ。

彼をテネアリアの英雄にすればいい。

おとぎ話のように、数々の同族が繰り返したように、高い塔のてっぺんに囚われた姫になって、彼に助けてもらえばいいのだ。

そのためにやらなければならないことは山積みだ。

まず最初にやらなければならないことは、彼を絶対に死なせないことだった。

そうして意識を失って目覚めた男——ユディングは、自陣の天幕の中で傷の手当てを受けていたのだが、光る子どもと出会ったことは綺麗さっぱり忘れてしまっていたのだった。

奔走した三年間だった。

一口に三年と言っても、そんな簡単な話ではない。

助けた男は大陸屈指の帝国の皇帝だった。しかも、本来ならばその玉座に就くことは決して叶わないような、皇族の中でも末席の末席だ。そんな者が他国はおろか、自国の貴族たちを従わせるだけでも大変なことだった。

人間の身勝手さに何度歯噛みして、男は何度死にかけただろう。

少しずつ敵を削って、戦場を駆け回り、テネアリアは尽力した。もちろん、男に寄り添う形で。

嵐も雷も、何もかも男のためと思えば容易く起こしてみせた。結果的に彼は戦神として恐れられつつ、崇められるようになった。

この三年間を思えば、自信過剰のテネアリアだってよく頑張ったと自分を褒めたくなるほどだ。

そんな時だった。これまで戦に主眼を置いていた側近が、皇帝の縁談を考え始めたのは。

好機が来たと、テネアリアは思った。

テネアリアの情報を風の噂としてあちこちに流し、ようやくその候補に挙がったというのに。

この男は正気なのか！

目の前で震える男に怒りしか湧かない。

「断ってみなさい、お前を丸焦げにしてやるわ。肉の一片たりとも生では残さないわよ、覚悟なさい」

血縁関係では祖父に当たる、東の島国の国王に詰め寄る。

玉座のある謁見の間は突然の竜巻に見舞われ、見るも無残な姿になっていた。

「ひ、姫……っ、まずは落ち着いてくだされ。『慣習』なので、こればかりは――」

英雄は高い塔の試練を乗り越えて、美しい姫を救い出し娶る。それがこの島国に伝わる『慣習』だ。

けれど、そんなことに一体なんの意味があるというのだろう。

「愚かな『慣習』などどうでもいいわ。やり遂げた先代の英雄である父は、救出したはずの姫である母を恐れて逃げ出したのではないの。ならば、すでに古いのよ。新しい時代にはそれなりのやり方があるでしょう」

「ですが……っ」

「うるさい！　さっさと承諾しないとあの気分屋な補佐官の気が変わるかもしれないじゃない。そうなったら、お前、責任とってくれるのでしょうね。これまでの努力が水の泡になったら、この国を滅ぼしても収まりが付かないわ!!」

謁見の間に雷を何度か落として、散々暴れ回ってなんとか承諾させることに成功した。

こうして力技ではあるものの、物語は始まりを迎えたのだった。

第六章　そして、物語は結末へと辿り着く

「もういい」

短く切って捨てた言葉は、部屋に重々しく響いた。

テネアリアは執務机の前に座しているユディングの正面に立っていて、険しい顔の彼をあますところなく眺めている。

それはもううっとりと。

感情を必死で抑えているけれど、外は晴れ渡っている。

テネアリアを心配して怒ってくれているユディングの姿に嬉しくならないわけがない。

「陛下、落ち着いてください。妃殿下の居場所は把握できていますが、乗り込むにはかなりの兵が必要になり、準備が整うまで時間を要します。まさか単騎で乗り込むなんて無謀なことを考えておられるわけではありませんよね？」

サイネイトが慇懃な態度で窘めたけれど、ユディングは聞く耳を持たない。

テネアリアは叫びたいのを必死に押しとどめた。

「冗談ですからね、本気で単騎で突入なさらないでくださいね？」

「時間がかかるのなら仕方がないだろう」

「死にたいのですか！」

サイネイトがらしくなく声を荒らげたが、ユディングは一考した様子もない。

「ついてこられる兵だけでいい」

帝国の皇帝が下すにはあまりにお粗末な判断。戸惑うように兵の数を告げる部下の言葉にも耳を貸さない。

テネアリアの英雄は当然のように口にする。

「いい、いくぞ」

「あー、もう勝手にしろっ」

髪の毛をかき混ぜて、サイネイトが言い放った言葉とともにテネアリアは感激してしまい、突風が吹き荒れた。

慌てて意識を引き戻す。このままではユディングがいる部屋の窓ガラスがすべて割れてしまう。

「ああ、ユディング様！」

かっと目を開けて、がばりと体を起こしたテネアリアは、そのまま痛みに体を折り曲げて呻いた。広い天幕の中で、寝台がぎしりと音を立てる。

もともと体に戻る時間は最低限にしていたけれど、先ほど見聞きしたユディングの言動に衝撃を受けてうっかり戻ってきてしまった。

攫われてきてすでに一週間が経過している。セネットが告げた通り、あれ以来天幕に彼以外の者が近づく様子はない。

「妃殿下、いかがされましたか？」

側に控えていたセネットが駆け寄ってきたが、答えられる余裕はない。

「お水をどうぞ」

セネットが杯に水を注いで手渡してくれる。それを受け取りながら、一息に呷った。

ちなみに、セネットはテネアリアの監視役として同じ天幕にいた。

もちろん初日に暴言を吐いた男はこちらの天幕に入れないようにしているので、今はセネットを頼るしかないというのが現状だ。

テネアリアにとっては別にいてもいなくても変わらないが、こうして気遣いを受ければまあ側にいてもいいかとも思う。

「何をご覧になられたのです？」

「ユディング様がここに単騎で乗り込んでこられるわ」

「単騎で？　そこは止めるべきでしょうに」

信じられないというようにセネットがこぼす。

「私に言われても困るわ。陛下のお考えだもの」

「どうなさるおつもりですか……いや、聞かなくてもわかりました」

にんまりと笑ったテネアリアの表情を見て、セネットは深く息を吐く。

「止めることは諦めたの？」

「陛下は有言実行の方です。それをどうせ、妃殿下が叶えてさしあげるおつもりなのでしょう？」

セネットが諦めたように首を横に振って、テネアリアに確認してくる。

「夫の意向に沿うのが妻の役目というものだわ」

胸を張って答えれば、重たいため息が返ってきた。

「こちらも話を進めるしかありませんね。よろしいですか」

セネットが重々しい口調で問いかける。

テネアリアは鼻白んだ。

「私がついているのだから、そんな決死の覚悟など必要ないと思うのだけれど」

「妃殿下のお力はもちろんわかっているつもりではありますが、私の一生もかかっているのです。なんとしても成功していただかなければ」

この一週間でセネットの身の振り方について話し合った。間者なのであれば、そのまま二重間者になって、ユディングを主として仕えればいいと。彼は悩んでいたが、ようやく決心したようだ。

「お前は自分のことばかりね」

「妃殿下だって我らのことなどどうでもいいのでしょう？」

「当然のことを聞くのね。一体なんの不満があるというの。そもそも不満を抱くことすら不敬と知りなさい」

「わかっております。ですが全能なる存在で、この世を取り巻く生物の頂点に立たれるようなお方には些末事でしょうに。すでに次元が異なるのですから、小さき存在はただ巻き添えにならないようにするのが精一杯です」

「だったら下手な小芝居はやめて、陛下にこちらの敵は無効化しておくので安心してお越しくださいと伝えなさいな」

「小芝居だなんて滅相もありませんよ」

「白々しいわね。お前が暗殺者の手引きをしてユディング様が始末したことも、禁足地で矢を射たこともわかっているのよ。あの矢がユディング様の御身を傷つけたことだって、許すつもりはないのだけれど？」

セネットがはっと息を吞むのが伝わってくる。

いつもは冷静に努めようとしている男が全く感情を隠せていない時点で相当な動揺が伝わってくるが、テネアリアだってその件は腹に据えかねていたのだ。

自分の英雄を傷つけられて黙っている姫などいないだろうに。

「落ち着かれてください妃殿下、瞳が虹色になっています。ご指示通りに陛下には連絡いたします。けれど、間者だとばれているのですよ。どうやって陛下の前に姿を晒せると思うのです」

「それは私が考えることではないわ。公爵でもなんでも使って、伝えればいいでしょう？」

息を吐けば、セネットは意気込んだ。

「清々しいほどに高慢ですねっ。妃殿下の頼みを叶えて戻ってきたら、せめて一度くらいは労ってくださいよ！」

もちろんテネアリアは図々しいことこの上ないと呆れ果てたのだった。

隣国との国境は山々が連なる場所にある。

かつて見張り用として砦を築いていた場所は比較的開けた山間の平地ではあるが、ツインバイツ帝国の進軍に伴って、現在の国境に沿ってさらに東寄りに置かれている。

だが、すでに壊されたその旧見張り砦の平地が、なんと現在は隣国の駐屯地として使われていた。

いわゆる、領国侵犯である。

そこに三千ほどの兵を配置している時点で、ツインバイツ帝国に殺されても文句は言えない状況なのだが、軍の指揮をとる将ヴァウレ・ヘンデカンはひときわ大きな天幕の中で昼から酒を飲み、豪華な飯を並べ立て、女を侍らせていた。

駐屯して早十日、テネアリアを攫ってきて一週間である。その間襲撃を受けることもなければ天候にも比較的恵まれていて、雷が落ちることもない。

うるさい目上の権力者もいないため、ヴァウレは思い通りに振る舞える状況を楽しんでいた。

もちろん此度の侵攻で三千の兵士たちを与えられた理由はわかっている。

この地をかつての国の領土に戻し、偉大なるカンデアシ国の血脈たるプルトコワを帝国の頂点に戴くのだ。

だからこそ地の利に敏い者も引き連れてきたし、帝国に恨みを持つ同志に声をかけて、戦力を増している。

当初は帝国に進軍したことを恐れていた部下たちも、動きのないこの十日で、随分と落ち着いたようだった。

プルトコワからは色々手を打っているので、帝国の兵からの襲撃はないとの報告も受けている。ただ、姫を攫って待っていれば、吉報が届くと言われただけだ。

確かに、雷どころか嵐にすら見舞われない。

山の天候は変わりやすいが、ほぼ晴天が続いている。

さすがに一国の妃を攫って、プルトコワに帝位を譲るよう皇帝に要望書を突き付けた時には落雷を覚悟したけれど、そんな天災に見舞われることも一切なかった。

すぐに挙兵されるかと警戒したが、カンデアシ国に寝返った帝国の協力者のおかげで兵集めに苦労しているようだ。

結果的にのんびりと、帝国の皇帝からの返事を待っている。

そんな呑気な昼下がり――じわじわと暗雲が垂れ込め始めたのだった。


隣国との国境沿いの山々を覆うように、真っ黒な雲が空を覆い隠す。

身を震え上がらせるような冷たい風が吹き、ぽつぽつと降り出した雨は、次第に激しさを増していく。

山の天候は変わりやすいとは言うけれど、先ほどまではあんなに晴れていた。

にもかかわらずあっという間に分厚い雲に覆われ、空を見上げたカンデアシ国の兵士たちの表情には不安の色が浮かぶ。

追い打ちをかけるように雨脚が強くなった。ゴロゴロと稲光が走り、誰彼と言わず、兵士たちはお互いの顔色を窺うように視線を彷徨わせた。

そうして彼らは、一頭の馬が駆けてくるのを目撃する。

横殴りの雨風をものともせず、真っ黒な毛並みの軍馬がこちらに向けて駆けてくるのだ。

だが異様なのは、その軍馬に跨がる人物である。

目の錯覚か、豪雨のためか、視界がはっきりしないけれど、とても大きいのだ。

むしろ軍馬が小さく見えるほどに大きい。

それは人間のはずだ。

馬に乗っているのだから。

けれど悪天候の中、帝国の鎧に身を包んだ黒ずくめの男は、とても巨漢で人ならざるもののように思えた。

一様に竦み上がった兵士たちは、だが敵襲だとようやく鈍い頭を働かせて行動に移す。

鎧を身につけ、矢をつがえ、軍馬に跨がり、剣をとる。

しかし、雨風がいっそうなぶるように兵士たちを襲うものだから、誰一人としてまともに動ける者がいない。

矢を放つも風に煽られすぐさま地に落ち、馬に乗ろうとすれば吹き付ける雨風で上体を起こすこともままならない。剣を構えることすら難しい状態だった。

なんとか馬に乗れた幾人かがどうにか巨漢に立ち向かうも、あっさりと蹴散らされ、ある者は落馬により首を折り、ある者は軍馬の逞しい脚で踏み潰され、ある者は巨漢が振るう凶刃に倒れた。

敵襲の伝令の声も荒れくるう雨風の音で僅かにしか聞こえないのに、なぜかポツリと放ったその男の言葉だけが、やけにくっきりと耳に残る。

「邪魔をするなら首を刎ねるだけだ」

──血濡れの悪鬼、戦好きのオーガ、首狩り皇帝。

人の血を啜るほどに赤く輝く紅玉の瞳は、もはや人外の証だろうか？

ユディング・アウド・ツインバイツ。

今は兜で隠れているけれど、闇を背負った黒髪に、深紅に煌めく瞳は隠しようがない。

戦場の兵士たちに絶望と死をもたらす、ツインバイツ帝国の第十二代皇帝である。

もうだめだ。

誰からともなくつぶやかれる絶望の声に、戦意喪失するのも当然と言えた。

戦場においては、本来数が物を言う。

三千という兵の数に、単騎で突っ込んでくるなど物語ですら聞いたことなどない。そのうえ、馬に乗るのも苦労するほどの悪天候である。その中で暴れ回ること自体すでに奇怪だ。

荒唐無稽で、法螺話にしたってありえない。

だというのに、目の前で起こっているのは現実だ。

死など彼は恐れない。そもそも敵に死をもたらす存在が、死など恐れるものか。悪天候すらも、味方につけているかのようだ。

そんな人外に挑んだところで、只人に勝ち目があろうはずもない。

次々と兵士たちが戦意喪失していく中、一際大きな天幕から出てきた将軍が喚くように声をあげた。

「それ以上近づけば、小娘の命はないぞっ！」

大きな体躯の敵国の将軍に抱えられた小さな少女は、苦痛のためかその美しい顔を歪めつつ、単身現れた皇帝へと視線を向けたのだった。

真っ青な顔で天幕の中に転がり込んできた太った男に冷めた視線を向けながら、テネアリアは傍に控えた護衛を窺っていた。

セネットには、事前に話をしてある。乗り込んできた男の暴挙には手を出すな、と。

そもそも自分が助けると思いますか、とセネットに告げられた時には、殴ってやろうかと怒りを覚えたけれど。

おかげで嬉しいという感情を抑え込めたのは怪我の功名だ。

愛しい人が自分のために単身駆けてくるというだけで歓喜が湧いてきてしまうのだから、気を抜いた瞬間空が晴れ渡ってしまうに違いない。

——今日は嵐になると、セネットから彼に伝えてもらったというのに。

せっかくの助言が台無しになる。ユディングを危険に晒すわけにはいかない。

『ウレシイ』

『違う違う、怒りとか苦しいとかそっちだから！』

『イカリ？』

『クルシイ？』

『疑問符はつけないで！』

文句をつければ怒りが伴った。言い聞かせるように思考を飛ばせば、やや疑問を感じさせながらもなんとか保てた。雷は絶えず鳴り続け、視界を遮るほどの雨も降り続けている。

必死の形相のヴァウレが現れたのは、テネアリアがそんな葛藤をしている時だった。計画通りとほくそ笑むものの、ヴァウレに引きずられるように担ぎ出されたため不快感が増す。

ここが一番大事なところだ。

痛いのは嫌いだけれど、大嫌いだけれど、愛しい人が傷つくより、よほどましだ。

テネアリアの細く小さな体に胴ほどもある腕が巻き付く不快感も、臭い息が頬にかかるそんなテネアリアの心情にも気付かぬほどに、ヴァウレはべらべらと喚いている。

「なぜだ、この娘は雷避けになるのではなかったのかっ」

「妃殿下に雷は当たらないと申し上げただけです」

追ってきたセネットがすかさず返すが、ヴァウレはほとんど答えを聞いていなかった。

引きずるようにテネアリアを抱えて天幕の外に出て、やってくる黒く大きな塊に向かってがなり立てる。

「それ以上近づけば、小娘の命はないぞっ！」

テネアリアの首元を締め上げるようにしながら、ヴァウレが力の限り叫んだ。

苦痛のためにテネアリアがその美しい顔を歪めようが、少しも構う様子がない。

けれどそれはテネアリアも同じだ。

ただやってくる黒い塊——夫である皇帝へと、まっすぐに視線を向けていた。

ひたすらに唇を噛み締めて。

叫び出さないようにするのが精一杯だった。

——こんなの喜ばないなんてどうかしてる！

嫌悪感にも耐えられる。

心底、気持ちは悪いけれど。

大好きな人が迎えに来てくれた。それだけで舞い上がりそうだというのに、黒馬に跨って颯爽と自分に向かってくる姿のなんと凛々しいことか。格好よすぎて息が苦しい。

絶対、見逃したくない。

なぜここに絵師がいないのかなどと考えている間にも、男――ユディングは近づいてくる。

「と、止まれ！」

「黙れ、貴様はいつまで汚らしい手で俺の妻に触れているのだ！」

怒号ともとれるほどの大声で怒鳴りつけると同時に、剣の切っ先がヴァウレの喉元に突き付けられた。

「ひは……っ」

ユディングの気迫に飲まれ、ヴァウレはそのまましりもちをつく。

一国の将が随分と情けない姿ではあるが、ユディングから放たれる覇気にも似た殺意は、嵐と相まって恐怖を孕んだ凶悪さだ。

マントは風に煽られ大きく翻り、紅玉色の瞳だけが暗い闇の底から輝くように爛々と光っている。垂れ込める雨雲の隙間から青白い稲光がカッと光る度に、黒いシルエットは一層化け物じみて大きく見える。ただ雷光に負けない瞳はひたりとヴァウレに向けられたただそこにいるだけで、相手が戦意を喪失するのが瞬時に理解できる猛々しさだ。

恐怖に慄くヴァウレの手が離れた途端に、ふわりと優しく馬上へと抱き上げられる。

逞しい腕がゆるくテネアリアの体を包む。久方ぶりのユディングの香りを吸い込んで、肺いっぱいに満たした。

それだけで、何もかもどうでもよくなるくらいに幸せだ。

「悪かった、待たせた」

「ぜ、全然、待っていません！」

「迎えを期待されていなかったということか？」

途端に悲しげにへにょりと眉を下げたユディングに、テネアリアは絶句した。

そのまま、首がもげるかというくらいの勢いで首を横に振る。

「――……っっ、いいえっ」

「わかった、帰ろう」

テネアリアの全力の否定は伝わったようだ。

穏やかに声をかけられて、テネアリアの意識は昇天する。

もちろん、大嵐と雷鳴轟く中、黒馬が悠々と戦場を縦断したのは言うまでもない。

無事にテネアリアを救出してユディングは皇城へと戻ってきた。そうして意識のない幼妻を彼女の部屋へと運んで、残務処理にとりかかろうと執務室へと入った途端、困惑したサイネイトに来客があると告げられたのだ。

訝しげに執務室に招いてみれば、それは思いもよらない三人だった。

その筆頭である妻の侍女から話を聞いたところで、ユディングは呻くように尋ねた。

「つまり、どういうことだ？」

ユディングは頭痛を堪えるように頭を押さえた。

知略で知られるさすがのサイネイトもぽかんとした顔をしている。

対して、雁首揃えた今回の首謀者三人の、悪びれた様子のない態度はどうだ。隣国の間者と判明した一人は堂々とユディングの執務机の前に立っているし、うち一人はソファにさっさと座ってメイドにお茶を用意させ、優雅に飲んでいるではないか。そして、三人組の筆頭は怯えて部屋の入り口から声を張り上げて喚くように報告するしで、わりと混沌とした空気を感じる。

怒るところなのかどうかすら、判断がつかなかった。

「ええ？　また最初から説明ですか。姫様が入浴中に終わらせたかったのに……」

侍女はユディングに怯えているわりには態度が大きい。

実際には神経が太いのだろうと思うが、彼女がなぜ時間を気にするのかわからない。

テネアリアはユディングが自室に連れて行った後に飛び起きて、風呂（ふろ）に向かったらしい。

「虜囚（りょしゅう）生活で碌（ろく）に体を清められなかったと嘆（なげ）いていたから、すぐにお風呂からは出てこないでしょう。今なら話ができます」

と侍女が残り二人を連れて面会を取り付けてきたはずだったが、本当に説明する気があるのかと疑いたくなる。

その侍女は面倒（めんどう）くさそうに再度、声を張り上げた。

「ですから、『試練』ですと申し上げました。我が国では塔（とう）に囚（とら）われた姫を救うのは『試練』を乗り越えた英雄であると決まっています。ですが、今回、陛下から求婚（きゅうこん）の書状をいただいたのを機に姫様が国王を脅（おど）して婚姻（こんいん）を了承（りょうしょう）させてしまいました。それを姫様の母君が許すはずもありません。なんとしてでも『試練』を行えと命じられたのです。私も後からそれを知らされましたので、詳細（しょうさい）は公爵様（こうしゃくさま）に聞いていただければと……」

「私はかの方の命令を受けて動いただけだ。実行犯はセネットだよ」

「……ええ？」

入り口で声を張り上げていたツゥイは、ソファに座ってお茶を飲んでいるプルトコワに詳細な説明を振り、彼は彼で執務机の前に一人立つセネットに丸投げした。

テネアリアを迎えに行った時にあっさりこちらに寝返ったらしいこの部下は、テネアリアを誘拐した大罪人であるにもかかわらず、立役者のように悪びれもせずユディングの前に立っていた。

けれどテネアリアの侍女と叔父の裏切りに、さすがのセネットもぎょっと目を剝いた。こちらの方がまだ殊勝な態度のように見える。

「プルトコワ様、やめてくださいよ。私はただ命じられたことを必死で実行しただけでしょう？」

「妃殿下にこき下ろされて、泣きついてきたのはお前だろう。陛下に妃殿下からの大事な伝言すら言えなかったじゃないか。結局、単騎で向かってくれたから体裁は取り繕えたものの、それで一体何を必死に実行したと言うんだい。おかげで私はかの方の願いを叶えられなくなるところだった」

「そんな言いぐさあります？　陛下、私はこの度、この薄情な方を支持するカンデアシ国を見限って、陛下にのみ仕えようと思います。二重間者が一人いればお得ですよ。ぜひ、お試しください」

少しも殊勝な態度ではなかった。

なんの話を熱く語られているのか、ユディングには少しも理解できなかった。優秀な頭脳を持つはずの幼馴染みも横で唸り声をあげている。

「何を言うんだ、私はかの方にすべてを捧げた『信奉者』だ。私の望みはかの方の望み。私の願いはかの方の願い。それを叶えられなくなるところだったのだぞ。万死に値すると思え」

優雅に紅茶を飲んでいたはずのプルトコワが血走った目でセネットを睨みつけては滔々と文句を告げるが、やはり言っている意味がわからない。

これは、あれだ。

考えるだけ無駄というやつではないだろうか。

しかし、叔父のこんな姿を見るのは初めてだった。いつも穏やかに微笑んでいるだけ。全く感情を表に出すことはなく、結果、サイネイトはユディングの身に何かあれば叔父を疑うようになった。決して尻尾を摑ませない首謀者として。

それが根底から覆るような姿である。

「かの方、信奉者？」

疑問符を浮かべたユディングに、ツゥイが困惑したように告げた。

「姫様と母君のような存在を信奉している方々です。ええと、陛下は『光る子ども』というお話を聞いたことはありませんか。おとぎ話ではありますが」

「ああ、それなら知ってるよ。死にかけた人のところにやってきて安らかな死後を約束してくれる『黄金の子ども』の話だ。小さい頃に母から寝物語によく聞かされたよ」

　サイネイトがようやく知っていることにつながったと安堵しながら、話し出した。それを見てツゥイが「そうですそれです」と頷く。

「ユディング、私は昔から持病があっただろう。一度それで死にかけたことがある。一人孤独に震えていた時に、かの方に寄り添っていただいたのだ。あの時間がなければあっさりと死んでいたと断言できる。だからこそこうして健康でいるからには、生涯を捧げると誓った」

　プルトコワが恍惚の表情で口にした言葉に、ユディングの記憶の中に何か引っかかるものがあったが、それを掴む前にツゥイが冷めた視線を叔父に向け、吐き捨てるように言った。

「姫様と母君はそのおとぎ話のように人を助けることなど、実際はしないのですが、信奉者たちは言っても聞かないのです。ただあの島国が彼らのような存在からの貢物で成り立っているのは事実ですので、無下にもいたしませんが。我が一族は一切、容認してはおりません」

「ええと、信奉者の詳細がほしいわけじゃなくてね、結局、今回のことはどういう経緯なのかな？」

　混乱したままサイネイトがツゥイに問えば、彼女も苦虫を噛み潰したような声音で答える。

「信奉者たちは、姫様たちの意を勝手に汲んで動くのです。ですから、今回は母君の意向を汲んだ公爵様が、間者であるセネット殿と手を組んで、陛下に『試練』を突き付けたのでしょう。姫様を誘拐して隣国に運び、陛下が助けにくるという筋書きでしょうね」

「頑張って血縁頼って、それなりの理由をでっち上げて隣国を動かしたんだぞ。本当に大変だったんだからな。就きたくもない帝位をちらつかせて、お前にまで睨まれながらさ。妃殿下にはこちらの意図がばれてたみたいで、私がやっと帝位簒奪を目論んだと喜んだ領地やその関係者には散々雷が落ちたけれど」

誇らしげに胸を張った叔父を見て、サイネイトが今にも床に崩れ落ちそうに脱力している。これまでの疑惑がすべて解けた瞬間だろう。

「私だって間者として最大限に働かせていただきましたよ！　妃殿下が陛下のために二重間者になれと仰ったので、こうして報告に参りました。これで禁足地で矢を射た件は許されるはずです！」

間者がそんな堂々と裏切り発言するのもどうなのか。

というか、あの矢はセネットの仕業だったのか。自国の皇帝に矢を射たのをさらっと白状するのはどうなんだと思う一方で、どうりで首謀者が見つからなかったわけだと納得した。

いや、それよりも、この国は間者に過分な地位を与えていたことになるのだが、それはいいのだろうか。

ユディングがちらりと視線を向ければ、サイネイトはもはや虫の息だった。

知略の要と散々讃えられてきた男にも予想できなかったこの展開は、さすがに衝撃だったのだろう。

「今回、無事に姫様を敵地から奪還されましたこと、何よりお喜び申し上げます。そして、これで名実ともに英雄となられましたので、私どもも心より陛下にお仕えさせていただきます。私は姫様の信奉者どもを『統べる者』の筆頭でございますので、なんなりとお申し付けください。たとえ主といえども護衛兼監視対象ですから、容赦はしませんよ。姫様の監禁でも制御でも、命に代えても実現させていただきます」

ツゥイが扉の隙間から、決意の籠もった視線をユディングに向けてくる。

ならば先に物理的距離を埋めるべきでは、と思ったけれど、もはや埋まる日は来ない気もしている。

それに漲る強い意志は感じるが、やはり言っている意味がわからない。

「か、監禁？　制御？」

「ええ、そうでございます。あんな存在ではありますし、体質なので完璧に封じることは難しいですが方法はそれなりにありますので。それに英雄様がいれば従わせることは簡単です。言いくるめ方もお伝えしますので、どうぞ、遠慮なく仰ってください！」

「はあ、彼女はその『黄金の子ども』なのだろう。ならば大事にしなければならないのではないのか？　監禁や制御というのはどうなんだ」

「陛下、まさかお気付きでいらっしゃらないのですか？　そうか、鈍いとは聞いていたから……」

「おい？」

なぜか謂れなき暴言を吐かれたユディングは顔を顰めたが、無礼な侍女はそのまま構わずに続けた。

「姫様はいわゆる『ストーカー』ですよ。子どものくせに知識だけは詰め込んだ厄介な犯罪者には毅然とした態度をとるべきです」

「は、犯罪者？」

「あれ、『ストーカー』って伝わりません？　これ、島国の方言だったかな、大陸共通語でなんて言うんだっけ。とにかく好きな人の生活を監視してずっと覗いている人のことです。やたらと陛下のことを好きだ好きだと怖がるそぶりもなく言うので、一体何を見たのかと思いましたが、今回の件でようやく合点がいきました。陛下は四六時中見られていたんですよ、気持ち悪くありません？　ですから、はっきり仰っていただいて構いませんよ」

「どういうことだ？」

「精神体だから姿が見えないのをいいことに、ずっと付きまとわれていたという話です。もともとあっちを覗いてはふらふら、こっちを覗いてはうろうろってやりたい放題でしたが、人間に興味のない方だと思っていたのでまさか誰かにこんなに執着されるとは想定外でした。すぐ肉の衣を放置していかれるので、管理が本当に大変で……」

やれやれと盛大なため息をついた侍女の姿はとてもテネアリアを敬っているようには見えない。本気で厄介者と思っていそうだ。

「で、推測だとここ三年くらいはずっと陛下に付きまとっていたはずです。お心当たりありませんか？」

真摯な瞳を向けられても、ユディングに心当たりはない。

そもそも姿が見えない相手に付きまとわれていたと言われても、実感がない。ただでさえ鈍いと言われているのだから、見えない者を感じ取れるわけもない。

「三年前……？」

だがサイネイトが考え込んでいる。

「そもそも補佐官様が風の噂で姫様の存在を知ったこと自体、仕組まれていたと思いますよ。東の島国の話が西の大国のお耳に入るなんてなかなかありえないですからね」

「え？　そういえば、噂の出所がはっきりしないなとは思っていたけど……」

「話している侍女たちのお姿は見ましたか。きっと声だけだと思います。そういう陰湿なことさらっとやるんです」

「どうりで正体が摑めないはずだ……」

そんなこともできるのかとユディングは感心したが、サイネイトがさらに難しい顔をして考え込んでいる。思い当たる節があるようだ。確かにテネアリアとの婚姻を決めた噂話を知っている者がいないとは言っていた。仕組まれていたのではとサイネイトは勘繰っていたが、テネアリアがやっていたことだったのか。

ユディングがそう納得していると、バンッと激しく執務室の扉が開かれた。

ツゥイはわかっていたのか、扉から飛びのいている。

「それ言っちゃだめなやつぅぅぅぅ――っ」

執務室に乗り込んできたテネアリアは、真っ先に扉の陰に隠れていたツゥイに詰めよった。

よりにもよって一番言ってほしくない秘密を暴露されたのだ。それも愛している人の前で！

「それ言っちゃだめなやつぅぅぅぅ――――っ」とガチ泣きしてしまう。

テネアリアの瞳は虹色に光り、瞬く間に外は大嵐。雷があちこちに落ちる音がし、突風が吹き荒れ、雨が横殴りに吹き付け激しく窓を叩いている。

虹色の瞳は精霊たちと呼応している証だ。テネアリアの感情に寄り添って、精霊たちを使役していると瞳の色が変わる。

だがそんなこと、今のテネアリアには関係ない。

「もう少し入浴に時間がかかると思っていましたが、聞いていましたね……全く、このまま皇都を沈めるおつもりですか！」

「誰のせいだと思ってるのよっ。セネットもツゥイの口封じくらいできたでしょう⁉」

「無茶言わんでください！」

ツゥイに言い返しながらついでにセネットも詰る。さらには公爵にまで詰めよった。

「公爵っ、部下の責任くらい持ちなさいっ」

「おや、私までとばっちりですか。妃殿下こそ、自身の侍女が起こしたことでしょう。なんとかされては？」

母の信奉者をテネアリアがどうにかできるわけもない。

その通りだとツゥイを睨みつける。

「なんでそんな意地悪するの、ツゥイの馬鹿っ」

必死で隠していた秘密をあっさり告げられて、感情を抑えることなどできるはずもない。部屋の中が荒れくるわないのはユディングを傷つけたくない一心からだが、皇都の外の様子にまで構う余裕はない。

「だから知識だけある子どもは手に負えないって言っているでしょう。まずは落ち着いてください。自身も制御できないほどの力を振るってはいけません、怪我人が出てからでは遅いのですよ」

「無理だもん！」

「はあ、陛下。ちょっと姫様を抱っこしていただいてもよろしいですか。話が進まない」

「うん？」

呆れ果てたツゥイの願いをユディングはあっさり叶えてくれた。

椅子から立ち上がると、扉までやってきてひょいっとテネアリアを抱えていつものように腕に乗せた。

そのユディングの優しい手つきに恐れや蔑みは感じられない。

ツゥイからあれほど、酷い話を聞かされたというのに。

ユディングの匂いに包まれて、テネアリアはうぐうぐっと嗚咽を漏らしたまま、ぽすんと分厚い胸に顔を埋める。あったかくて安心する。

すりすりと頬をこすりつければ、安心感にほっと息を吐いた。

途端に荒れくるっていた天候が落ち着いた。

「はあ、一瞬で大人しくなるとか。さすが英雄様は違いますね」

ツゥイは執務室の壁際まで避けながら、感心の声をあげた。

テネアリアはキッと顔を上げ、胡乱な瞳で見つめる。

「ユディング様は私の愛しの英雄様だもの。大好きな人なの……っ」

思わず声を荒らげれば、テネアリアの頭を大きな手が撫でていく。そのユディングの様子を見ながらツゥイはため息をつくも、穏やかに微笑んだ。

「姫様の母君の思惑通りですよ。これで人間嫌いで英雄嫌いの肩書は返上ですね」

心配症の侍女の、安堵した様子にテネアリアはぐっと押し黙った。

「嵐が、一瞬で落ち着いた？」

サイネイトが茫然とつぶやく声が聞こえた。

「姫様は『神の愛し子』ですから。神に愛され精霊と遊び、守られる存在です。一度感情が荒ぶれば嵐を呼び雷を起こす。機嫌がよければ空は晴れ渡り心地よい風が吹く。自然に存在する精霊たちの『寄り添い子』なんですよ。霧深いはずの皇都がいつも晴れ渡っているのを見て、おかしいと思われませんでした？」

「は？　まあ確かにここ最近霧が少ないなとは思っていたけど……まさか、陛下が戦場に出る度に雷が落ちてたのって……」

「姫様が傍にいたのでしょうね。それだけじゃなく、この国の一年の平和は絶対に姫様の仕業ですよ」

「ああ、あちこちの水害やら日照りやらで戦争どころじゃないって話……不思議と死人は出ないって噂だったけれど。なるほど妃殿下が……」

サイネイトがひどく納得している。

精霊たちは意思がほとんどない。そこにテネアリアが介入すれば刺激になるらしく、楽しい遊びだと認識している。テネアリアの感情一つで自然が動くのは簡単なことで、むしろ影響を与えないことの方が難しい。力というけれど、これはテネアリアの性質だ。だから、それを利用してユディングの利になるように働きかけてきたのだ。

「あいつら目を離すとすぐに兵を集めて武器を作るのだもの。ユディング様は内政に力を入れたいとお考えでいらしたのに、集中する時間もなかったわ。だから、蹴散らしてやったの。もちろん近くに雷を落とすだけで誰一人直撃はしていないのよ！」

ぐすぐすと鼻を鳴らしながら告げれば、彼の頭を撫でる手がぴたりと止まった。

「そうか……」

ぽつりと落ちた言葉からは感情が窺えなくて、テネアリアはそっと視線を上向けた。

ざぁっと自身の血の気の引く音を聞いた。

今までの生き方を、やり方を間違えていたなんて考えたこともなかった。

どんな選択だろうが、自分が決めて行動してきたことだ。

だがツゥイの再三の指摘を改めて思い返せば、それはもっともだとも思えた。本人の知らぬうちに、すべての敵を片付けていく妻なんてどれほど考えても気味が悪いに決まっている。

「姫様の母君、セイリア様は口数の多い方ではありませんが、きっと姫様が嫁ぐ時に『間違えないで』と仰ったのは、自身の力を——正体を——英雄に黙っていたことだと思いますよ。後悔しているようだったと父から聞いたことがありますからね。ですから、今回のように『試練』を与えることを望まれたのだと思います。姫様が陛下に本当の姿を伝えられるようにと」

「ええ？　では、母様が間違えたのは……」

正直に秘密を明かさなかったこと？

テネアリアは母を反面教師として、間違えないように、失敗しないように計画を張り巡らせて、物語の始まりも演出した。サイネイトの案にも便乗した。

少々ワケありだけれど小国出身の姫が帝国に嫁いでくる。そんな物語を精一杯演じてみせたのだ。

一重にユディングを甘やかしたくて、傍にいたくて——幸せにしたくて。

その一心だった。

けれど、心のどこかでテネアリアの行動は彼にだけは知られたくなかった。

それこそが失敗だと母は言うのだろう。

だからツゥイはテネアリアの正体を明かすことにためらいがなかったのか。あまりに正直に暴露されすぎて、テネアリアは死にそうなくらい混乱したけれど。

「ごめんなさい、ユディング様……その、勝手に覗いたり戦の邪魔をしたりして……」

「ああ、いや、問題はない」

「え、問題大ありだろうが！　私生活覗かれてるなんて、もう密談もできないぞ？　姿が見えないんだから、覗かれていることもわからないし」

ユディングが平然と答えている横で、サイネイトは心底呆れ果てている。

ツゥイが憐れんだ目を向けた。

「きちんと叱っていただかないと後で困ったことになりますよ。姫様は本当に我儘で扱いづらいのですから」

「ユディング様は、本当の私を知っても嫌いにならない？」

収まったと思った涙が再び迫り上がってくる。これまで自分なりに積み重ねてきて、ユディングに感情をぶつけてきたつもりだったけれど。

よく考えなくても迷惑だったのかもしれない、とテネアリアは唐突に不安になった。

「なぜだ、侍女が体質だと言った。つまり、自分の意思ではどうにもできないことなのだろう？　それに、俺を助けてくれたんだ。感謝しかない、ありがとう」

テネアリアを見下ろす紅玉の瞳には、蔑みも恐れもなかった。それどころか、宝石のような瞳を細めて穏やかに微笑む。

ぽろり、と涙がこぼれた。

普段（ふだん）の仏頂面（ぶっちょうづら）からは想像もできないような顔で、こうして礼を言われてしまえば、テネアリアの胸はどうしたって高鳴る。

温かい気持ちが胸に満ちていく。

彼は父とは違うのだ。

やっぱり間違えていなかったと、テネアリアは母に対して誇らしい気持ちになった。

——ああ、大好き。

この人が、本当に大好きだと実感する。

テネアリアがユディングに惚（ほ）れ直（なお）した瞬間だった。

となると、テネアリアの取るべき行動は一つである。

「公爵、わかっているわよね。カンデアシは潰すわよ？」

「ご随意（ずいい）に」

テネアリアがユディングの腕の中で幸せそうに笑いつつ、優雅にお茶を飲んでいるプルトコワに宣言すれば、落ち着いて肯定（こうてい）される。

予想はできていたということか。

対して慌てたのはセネットである。

「ひ、妃殿下――私を二重間者に仕立てるという話は……」

「大丈夫、王都の一部を壊滅状態にするだけだから。戦意喪失させて、しばらくは再起不能にするだけよ。向こうの情報は得ておきたいわ、これからもおかしな動きがあれば教えてちょうだい」

「姫様、くれぐれも御身を大切になさいませ。やりすぎは禁物です。人にも危害を加えないこと。動くのなら、制約の範囲だけですよ」

ツゥイがすかさず忠告してくるので、えへんと胸を張る。

「当然じゃない。衣がなければ、ユディング様に抱きしめてもらうこともできないのだから。私はユディング様を甘やかして幸福にしたいのよ？」

ぎゅむっとユディングに抱き着いてご機嫌に笑う。

「は？」

「あら、そのお顔はなんですか。私が幸せなら、ユディング様も幸せなんですってお伝えしましたよね」

「いや、それは聞いたが……俺を甘やかしたい？」

未知との遭遇とでも言いたげなユディングの顔は、これまでに見たこともないほどのそれはそれは険しい仏頂面である。

「ユディング様のお傍に来たのは、もともとそれが目的でしたから。貴方をでろでろに甘やかして大陸一の幸せ者にしたいのです！」

「なんだそれは……」

なぜかユディングは絶望的な顔をした。死刑宣告を受けた囚人だってそんな顔色にはならないと断言できるほどだ。

これが困り顔なのだから、本当に可愛い人だと思う。

テネアリアは幸福を噛み締めた。

「それから、ツゥイ。妃殿下と呼びなさいといつも言っているでしょう？」

「かしこまりました、妃殿下」

「うちの妃殿下、最強じゃない……？」

かしこまったツゥイの横で、サイネイトが茫然自失で呻くように告げる。

そうして皇都には抜けるような青空が広がり、何本もの虹が幾重にも重なるようにかかったのだった。

山中で助けたあの日から、テネアリアはユディングに惚れ込んだ。

大人の恋愛については精霊たちが教えてくれたので、知識はそれなりにある。

その夜、皇帝の私室の広い寝台で、テネアリアとユディングは寝巻姿のまま、向かい合わせで膝を突き合わせていた。長い沈黙の後、はあっとユディングが息を吐く。

寝室には分厚いカーテンが引かれていて、外の様子は一切わからない。

精霊たちには恋愛的な感情の揺れには感知しなくていいとお願いしてある。どこまで理解してくれているのかはわからないが、必死さだけは伝わったと信じたい。

それをユディングにも説明したのだが、不意打ちの場合はどうしても感情が揺らいでしまうので注意してほしいとお願いした。

つまり、彼になら何をされてもいいけれど、何をするにしても宣言してほしいということだ。それがますますユディングの表情を険しくさせたのは言うまでもない。

厄介な妻で申し訳ないと思いつつ、精霊たちが教えてくれた大人の恋愛を見たテネアリアは、実地の経験こそ大事ではないかと考える。

けれど、テネアリアの顔を覗き込んだ彼は、眉間に深い皺を寄せていた。

「本気か？　まだ早いと思うが」

「そんなことを言っていたら、いつまでたってもできませんから！」

テネアリアは意気込むけれど、ユディングの表情は変わらない。

彼の気遣いは嬉しい。たとえ、表情が苦虫千匹くらい噛み潰したようなものでも。

「約束を覚えていらっしゃいますか」

初めて初夜の話をした時、ユディングは時間をくれと言った。

テネアリアは十分に待ったと思う。

だから、今日、一夜をともにしてほしいとお願いしたのだ。色気は皆無だけれど、それだけ切実なのだとわかってほしい。

「約束？　俺は時間をくれとだけ、言ったと思うが」

「ふふ、お優しいユディング様が気遣ってくださっているのはわかっているのですが。私はもう十分待ちましたよ」

同じことを思い出して、同じようなことを考えていた。それだけで、笑みが浮かぶ。信頼を寄せて無邪気に微笑むテネアリアは、だがふと気付いてへにょんと眉を下げた。

「それとも、私じゃやっぱりお気に召しませんか？」

「……お前は、すぐそんな顔を俺に向けるから」

なんとも言えぬ苦渋に満ちた声音に、テネアリアは不思議に思ってユディングを見上げた。

湯あみを終えたばかりのユディングの色気は強烈で、紅玉の瞳が妖しく光る。

思いのほか間近で彼の瞳を覗き込む形になっていた。

直後、テネアリアの小さな体はユディングの逞しい腕に抱き寄せられていた。

「ん、ふっ」

なんの前触れもなく息がこぼれる。

ユディングの柔らかな唇が、テネアリアに優しく重ねられたからだ。驚きに見開けば、紛う方なき熱の宿った瞳を見つけて、テネアリアの頭が真っ白になる。

途端に、耳をつんざくような雷鳴が轟いた。

明らかに雷が落ちて、何かが壊れた。

悲鳴と怒号が混じった騒音が外から聞こえてくる。

何が起きてもユディングを決して傷つけないように、精霊たちには部屋の外へと出て行ってもらっていた。だから、部屋の中は無事だけれど、外まではテネアリアも保証できない。

「口づけ一つでこれだ」

唇を離して瞬きした瞬間、ユディングはいつもの穏やかな紅玉の瞳に戻っていた。

――ずるい。

この大人な男はどこまで自分を翻弄すれば気が済むのか。

悔しいけれど、どうしたってこの年の差は埋まらない。

経験値が違いすぎる。

ユディングにはしてやられたが、テネアリアにだって言いたいことはある。

熱くなった顔で口を尖らせて上目遣いに拗ねたように詰る。

「不意打ちはだめだと忠告いたしました」

「だから宣言など、できるわけがない……っ」

ぼそりと言った犬の耳は真っ赤だ。

途端、テネアリアは愛しくなって、彼の腕にぎゅっと抱き着くのだった。

「それで、初夜はどうだった？」

にやにやと笑顔を向けてくるサイネイトに、ユディングは素直に元気だな、と思うだけだ。

「できるわけないだろう。お前も知っているくせに」

「もちろん、知ってるさ。真夜中に爆音で叩き起こされて、城壁が壊れたのを確認して、近くの住民を避難させて、騎士団向かわせて不安で震える住民たちを宥めたの誰だと思ってんだよっ」

「…………」

ユディングが悪いわけではない。

だからといって、原因は自分かもしれないが。

そのため、怒れる幼馴染みにかける言葉が見つからない。

「感謝しろよ、お前を呼びつけないように他の奴らを宥めすかしたんだからな。当然、胸くらい触ったんだろうな。じゃないと割に合わない」

「できるか!!」

明け透けな言葉に思わずユディングは突っ込んだ。

「ああ、なるほど、妃殿下、お胸がささやかだもんな。お前の相手ってば昔からこう——」

手つきで胸部の豊満な女性の形を表したサイネイトに、ユディングはそうかとうっかり考え込んだ。胸の大きさは正直どうでもいい。彼女は小柄なのだ。対して自分の体は大柄の部類に入る。東方の人間はもともと小柄な方だと聞いている。無理をさせるのは必然だったのに、そんなこと思いもよらなかった。

「……え、本気で胸なの？」

サイネイトの戸惑いの言葉に重なるように、雷の落ちた音が響き渡った。

ドッゴーン‼

二人で窓に目を向ければ抜けるような青空が広がっている。雲一つないというのに、雷が落ちるわけがない。

「聞いていたようだな……」

今頃半泣きで飛び起きて、こちらに向かって走ってきている頃だろうか。

「こんなに情報筒抜けで、策を弄して彼女を疑ってたなんて、本当に俺って馬鹿みたいだな……恥ずかしい」

「お前のおかげで、俺は幸せだが。これで家族で俺の墓前に花を添えてもしっかり泣けるだろ」

迂闊に重要機密などの話もできなくなったけれど、ユディングはふとおかしくなって笑った。

珍しくぽかんとした顔をして間抜け面を晒している補佐官に、なんて顔をしているんだと呆れる。いや、最近この間抜け面をよく見るような気もしている。取り澄ました表情が多い幼馴染みも、何かが変わったのだろうか。

己が妻を得て、変わったように。

するとバタバタとせわしなく廊下を駆けてくる音がして、それは激しく扉を開けると中に転がり込んでくる。

「む、胸は今すぐなんとか大きくしますから、嫌わないで――」

大粒の涙をこぼしながら飛びついてきたテネアリアの体をなんなく受け止めて、ユディングはいつものように腕に腰かけさせた。

彼女は最近よく泣くようになったのだが、侍女に言わせればそちらの方が素らしい。喜怒哀楽の激しい主人だったが、ユディングに気に入られようと必死で病弱のか弱いお姫様を演じていたのだろうと教えてもらった。

どちらにしてもユディングの可愛い妃であることには変わりがない。

「大きくできるのか？」

そんなこともできるのかと単純に疑問に思って聞いただけだが、妻は絶望的な表情になってさらに泣き出した。

「お前、そういう趣味だったんなら結婚する前に言え。今更、こんな最強の存在である妃殿下と別れるとか無理だから」

「はあ？」

「だから、お前が巨乳好きとか知らなかったから。こうなったら揉んで大きく――」

「そんなこと言ってないだろうがっ。待て、本当に違うからな！」

ぐずぐずと泣いている妻をなんとか宥めた。

背後では大粒の雨が激しい風とともに窓ガラスに打ち付けられている音が聞こえてくる。

このままでは季節外れの豪雨で皇都が水没しそうだ。

そうなると、サイネイトがまた頭を抱えるだろう。

補正予算を通すのも限界がある。

「姫様、いい加減になさいませ！　これ以上嵐が大きくなれば、被害が出ますよっ」

後ろから追いかけてきたツゥイが、目を吊り上げて怒鳴っている。

ひっと小さな体が腕の中で震えた。それだけで愛しさが増す。

何もしていないけれど、ユディングは塔に囚われた姫の英雄様になったらしい。塔に囚われた姫は病弱でもなくただ不思議な力を持つワケありな存在だったけれど、彼にとってはさほど重要なこととは思えなかった。病弱でなくてよかった、家族からも虐げられていたわけではなくて本当によかったとむしろ安堵したくらいだ。

特段自分を不幸と思ったことはなかったが、かといって幸せが何かもよくわからなかった。感情の鈍い自分に、幸せを感じることはできないような気がしていたから。

そんな鈍感なユディングに、テネアリアは感情を教えてくれた。

誰かの感情が自分の感情になるなんて、考えたこともなかった。誰かの幸福が、相手の幸福が、自分の幸福につながるなんて想像したこともない。楽しさも嬉しさも、くすぐったいような温かな気持ちがどうにも落ち着かなくて、居心地が悪いのに、なぜか不快なものではないと実感した。

何より、他人に助けられたのは初めてだった。甘やかすと言われたこともだ。

血濡れの悪鬼、戦好きのオーガ、首狩り皇帝——散々な呼び名を持ち女子どものみならず、家臣たちからも恐れられている男だというのに。

誰にも守られず孤独で憐れだった男に、初めて愛を告げてくれた。

そう言ってくれた相手が、不幸でなくてよかったと思えた。

不思議だけれど、素直にそう思えた自分は、きっと彼女が与えてくれたのだろう。

だから、幸福を噛み締めて、そっと妻の小さな頭を撫でるのだった。

『高い高い塔のてっぺんに囚われた姫がおりました。

彼女は生まれた時からそこで過ごしていたので、とくに不満を覚えることはありませんでした。なぜなら姫は世界中どこへでも気ままに行ける特殊な力を持つ『神の愛し子』だったからです。退屈な思いも窮屈な思いもしたことがありません。

そんな、ある日。

死にかけた英雄との出会いが、姫の世界を変えます。姫を特別視しない英雄によって、彼女はただの恋する少女になったのでした。世界を知った彼女は決して塔へと戻ってくることはありませんでした。自分の愛しい英雄と一緒に外で暮らすことを決めたからです。

怒りで雷を落とそうが、驚きで城壁を吹き飛ばそうが二人には関係ありません。

だってそこには愛がありますから！

そうして二人は外の世界で幸せに暮らしました。

――めでたしめでたし……？』

fin

あとがき

こんにちは、久川航璃と申します。ビーズログ文庫の読者様方は初めまして。

本作をお手にとっていただきまして誠にありがとうございます。この作品はネット小説に上げていたものを加筆修正させていただいたものです。書籍化のお声がけをいただいたビーズログ文庫の編集様には本当に感謝しかありません。

なぜならば、このお話をネット小説で読まれていた方はご存知かと思いますが、途中までしかできていませんでした。未完で放置していたものだったのです。それがこうして編集様の偉大なるお力を経て、なんとか一冊の本として完成させることができました。ありがたいことです、本当に。登場人物を一部修正し、物語の内容も書き足し書き直ししつつ……こうして出版の運びとなったわけです。

毎回、こういう機会をいただくたびに不思議だなと思いながら、感動しております。だというのに、やっぱりどこか現実味がないんですよね、なぜだろう。

そして毎回詐欺を疑ってしまうのは、作者の精神がひ弱だからですね。びくびくしながら担当様とお話させていただいたことが、今でも昨日のことのように思い出されます。走馬灯みたいなものですかね。

いやいや、さすがに精進したいとは思うんですけれど。でも慣れないんですよねぇ……。

さて本作ですが内容を簡単に言えば、儚げな見た目のワケあり幼妻が、恐ろしい噂のある年上皇帝のもとに押しかけて夫を溺愛するという、どこに需要があるんだろうなと一瞬ためらうようなお話です。

年の差婚は好きだし、身長差カップルも大好きなのですが、需要が迷走するのは、儚げ美少女であるテネアリアがぐいぐいと迫るところでしょうか……。ユディング様は押されっぱなし。頑張れ、負けるなと何度応援したことか。普通は逆だよねーと何度思ったかしれない。作者自身も疑問しかない二人ですが、書き上げた今では二人以外にはありえないなと思うほどお似合いになっていて。どの作品もそうですが、わりとキャラたちが勝手に動いてくれるので、なるほど、そんなこと考えてたのかとなることが多いのですが、今回はそれがとくに顕著になりました。

ある意味、とても感慨深い作品になりましたね。

当初思っていたのと少し違うのですが、なぜかしっくりくるんですよ。歪なのに整ってるみたいな、まさに矛盾するそんな二人を楽しんでいただければ、幸いです。

これもひとえに担当編集様の英知のおかげです。素晴らしいご助言で、相変わらずとっちらかって混迷を呈した文章を物凄く読みやすくしていただきました。色々文章を書いているうちに何が言いたかったんだっけとなる作者ですので、的確な指摘は神の啓示のようで素晴らしいんですよ。この作品はタイトルにも悩みまして編集部のお知恵をとにかくめいっぱいお借りしました。申し訳なさもありつつ、何度も感謝したものです。

　そして数々の注文に細やかに対応していただいた結果、イメージ以上のカバーイラストを描いていただいていたkatsutake様。モノクロイラストも素敵で、何から何まで保存させていただいております。ユディングはめちゃくちゃ格好いいし、テネアリアは妖精のように可憐で可愛いし。だというのに、ご本人様にも明かせない爆笑秘話がめちゃくちゃたくさんあるんですよ。今ではいい思い出です。というか、今もニヤニヤしちゃうレベル。とても楽しませていただきました。

　さらにこの本に関わっていただいたすべての方々に、心からの謝辞を。何より、お目にかけてくださった皆様にも重ねて、感謝を！

　この作品はコミカライズの企画も同時進行しておりますので、少しずつ情報を公開できればと思っております。どのようなものになるのかとてもワクワクしております。こちらも皆様にご注目いただければ、幸いです。

　今年は新年早々に本を出すことができて、幸先いいなあと思っていましたが、デビュー作も一月刊行だったことを思い出して、なおさら縁起がいいねとほくそ笑んでおります。作者のことだからどの時期に刊行してもウキウキしているんですけど。そしてなんやかんや理由をつけては縁起がいいとか言ってそうですけど。

最後になりましたが、世間では次から次へと煩雑なことが起こっておりますが、この本をお手にしてくださった皆様の心からの安寧を祈願して。

ここまでのお付き合い、本当にありがとうございました！

※本書は、カクヨムに掲載された「英雄様、ワケあり幼妻はいかがですか？（旧題：妃殿下の秘密）」を加筆修正したものです。

■ご意見、ご感想をお寄せください。
《ファンレターの宛先》
〒102-8177 東京都千代田区富士見 2-13-3
株式会社KADOKAWA ビーズログ文庫編集部
久川航璃 先生・katsutake 先生

●お問い合わせ
https://www.kadokawa.co.jp/ (「お問い合わせ」へお進みください)
※内容によっては、お答えできない場合があります。
※サポートは日本国内のみとさせていただきます。
※Japanese text only

英雄様(えいゆうさま)、ワケあり幼妻(おさなづま)はいかがですか？

久川航璃(ひさかわこうり)

2024年1月15日 初版発行

発行者	山下直久
発行	株式会社 KADOKAWA 〒102-8177 東京都千代田区富士見 2-13-3 （ナビダイヤル） 0570-002-301
デザイン	伸堂舎
印刷所	TOPPAN株式会社
製本所	TOPPAN株式会社

ISBN978-4-04-737790-5 C0193

定価はカバーに表示してあります。

◇◇◇